あら、50歳独身いいかも!

武きき

幻冬舎MC

あら、50歳独身いいかも！

目次

第一章　カッサカサの女課長と若いお友達

入社二十六年目、ビ・リバー印刷会社。社員は三百名で、優良企業だ。待遇もいい。一人で生きるのに最高だ。自分で言うのも何だが、エリートコースに乗っているおばさんだ。

柳澤美樹。四十九歳。独身。

営業職、バリバリのお局様。周りは妻帯者、若い後輩達。

何でも聞きに来る。自分で考えろよ、と言いたいがぐっとこらえて、

「これはね……」と良い先輩面をする。

ようやく女性も管理職になれた。ところが、残業手当は無くなるし責任は重いわで課長になっていいのか、悪いのか分からない。最近では飲み会にも誘われない。

「課長、課長！」と呼ばれるけど仕事の尻拭い、残業の手伝い、資料の手直し、まるで雑用係だ。給料は少し上がったけど、まだ残業手当の方がいい。酷い時はお客様の会社へ行

き、納期を間違ったお詫びで深いおじぎ。はぁ〜、何やっているんだろうとため息が出る。

転職しようにもこの年では採用されないと思うし、ストレスが溜まる。わぁ〜！と大きな声を出したくなる。結婚だって、できる年でもない。来年で五十歳だ。怖いな〜。

楽しみと言えば、最近見つけた隠れ家的なバー。ベーシックカラーの店内で暖かな色の照明、静かで一人でもため息がつける大人のお店だ。席数も少ないし隣の人に気を使わない。成熟した男女の隠れ場所だ。あら、私も入っているわね。ウフフフ。

一人で飲むのが好き。気も使わず、好きな酎ハイとおつまみで二時間程度ゆっくりできる。週三回程度、通っている。

マスターが素敵なヘアスタイルでちょっとたれ目で爽やか系。しゃべりすぎず、無視されず、居心地がいい。もう半年は通っているかな。じ〜っと一点を見つめていても気にしないで浸れる。あっ、もう一つ。凄くチャーハンが美味しい！

若い子は考えず、何でも聞くし、こっちは手が止まるんだよって文句も言えず『残業になる』心の声が、言葉になって愚痴が出る。

バー・カッシュよ、ありがとう。

そういえば恋愛っていつ頃したかな。ドキドキしたり会えなくて寂しくて泣いたり、ケンカして別れたりくっついたり、今考えたら青春だったなぁ。

元カレの尚樹にプロポーズされて結婚していたら、子供もいたんだろうな。自分で選んだ道だから後悔はしていないけど、ちょっと寂しいかな。

毎日、仕事でくたくた。マンションに寝るだけに帰る。

最近、自分でもオッサンになっている感じがする。辛い！

美樹よ、女はどこへ。寂しすぎる人生、せめてセフレでもいた方がいいのかな。


さぁー、今週も無事終わったぞ。カッシュで一週間の疲れを発散しにいこう！

カラ～ン。

ベルの音を合図に、マスターがドアの方を向く。あら、今日も爽やか。

「いらっしゃいませ」と、優しい笑顔。

「いつもの、ハイボールと枝豆を」

「かしこまりました。お腹は大丈夫ですか？」

優しい気遣いがいいね。

「あ、後でチャーハンを」

「はい、かしこまりました」

いつものカウンターの奥に座った。カウンターの反対奥に座っていた男性が
「隣、いいですか」と声をかけてきた。

「えっ……いいですけど」

すると若いお兄さん、

「よくお見かけしますけど、いつもお一人ですね」

少し、めんどくさいな。

「そう。誰にも気を使わず、ゆっくり飲める所なの。マスターの距離感が気に入っているの」

「僕の友人ですよ。僕、よく来ているのですよ。二か月前からあなたを見ていました」

「そうなんですか。私は人を見ないんですよ」ウザいな。

「これから、声をかけてもいいですか」

「たまにね。一人で飲みたい時もあるから」

毎回は声をかけないで欲しい。

「ありがとうございます。嫌な時は断ってくださいね」

世間話をしていても若いのに話題が豊富、話も面白い、ついつい笑ってしまう。営業マンかなと思った。

何度か席を一緒にした。本当に話し上手。人を引き寄せる力がある。魅力的だ。毎回声をかけてくる。

面白いから話す。意外と紳士だ。でも……たまには一人で飲みたい時もある。


三か月が過ぎた頃。

大好きな、バー・カッシュでゆっくり飲んでいた。いつもの若いお兄さん……涼真君が隣に来た。

「少し、いいですか」と聞いて、

「ええ、どうぞ」と枝豆を食べた。あ～あ、今日は一人が良かった。断れば良かったかな。

「僕とお付き合いして頂けませんか」

「どこかに行くの？」涼真君、ズッコケている。

「恋人として本気で、お付き合いの申込です」

びっくりして枝豆をカウンターの中に飛ばしてしまった。

「あら、マスターごめんなさい！」

マスターが笑っている。

深呼吸をして、

「……涼真君、あなたおいくつ？」

「四十です」

「私は来年五十歳よ。分かる？　こんなに年上だよ」

「分かっています。あなたが好きです」

「遊びならお付き合いできるけど、本気はダメよ」

「どうしてですか」

「涼真君だったら、いくらでも素敵な女性がいるでしょう。何でこんなおばさんと……冗談でしょう」

「僕は、美樹さんが好きです。それがいけないんですか」

「分かっていないな。女が十歳年上って事が！」

「それが、どうしたんですか！」

「はぁ〜、どう言えばいいのかな。涼真君が五十歳だと、私は六十歳だよ」

「当たり前です」

さりげなく、答えている。

「涼真君が六十歳だと、私は何と七十歳だよ。分かる？」

「当たり前です。それがどうしました？」

少し、イラッとしているのが分かる。

「私を介護する事になるかも知れないんだよ。分かる？」

「それが？」

若いのに、バカな答えだ。

「何て言えばいいのかな～」

「貴女の言いたい事はそれだけですか」

「う～ん。あのさ、五十歳の女は、おっぱいはパパイヤみたいに下がっているし、お腹もポッコリしているし、おしりはピーマン型になるし、驚く事ばかりだよ　分かる？」

美樹よ、何自分でおばさん的な体の事を言っている！

「それがいいんです。特に二の腕が凄く好きです」

何を言っても無駄なようだ。分かっていないな。

「それじゃ、試しに私を抱いてみる？」

「えっ！　本当ですか。嬉しい！　美樹さんを抱きたいと思って三か月になります。願いが叶う！」

何と言っていいか分からないが、まずは試しに抱いてもらおう。

勢いで、こんな展開になってしまった。後悔している。素敵な年下友人を無くしてしまうのは残念だ。優しく手を繋いでいる。

はぁ～と、ため息をついた。

「美樹さん、後悔しているのでしょう？」

「うん、だって素敵な友人を無くすんだよ」

「でも、ダメです！　僕は抱きます。でも友人は辞めます。僕は友人になるのは嫌です」

「えっ！　私と友人にもなりたくないの？」

「そうです」

「何かショック。私はお友達と思っていたのに」

「今までは友人だった。今からは恋人です。僕の物になるんだ」

「ちょっと、冗談は止めてよ」

「何が冗談に聞こえるのですか」

「今日はお試しでしょう」

「僕には分かる。美樹さんとは体も相性が最高にいい」

「分かっていないと思うから、百聞は一見に如かず」

勇気を出してついていった。

凄いホテルに着いた。手を振り払おうとするが、離さない。一緒にカウンターでカードキーを受け取った。

恥ずかしい。冷や汗が出る。

エレベーターで十七階へ。手を放してくれない。

部屋に入った途端、抱きしめてきて、キスを。長い、長いキス。

ひ、ひ、久しぶりのキス！

「りょ、涼真君、先にシャワーに入ってきて」

「一緒に入る？」

「えっ！　後で入るわ」

「分かった。先入るね」

な、な、何と素敵なお部屋！　夜景が美しく、スイートルームなのかな？　こんな部屋に泊まっているってどんな人よ！

涼真君は紳士だし、話し上手でスマートでまぁまぁイケメン……が、何で私なんかを？不思議だ。

心臓が口から出そうなくらい、ドキドキしている。十歳も年下を騙しているみたいで、罪悪感。

落ち着けと言い聞かせながら、深呼吸を何度もした。

どうせスッピンと体を見たら、必ず引くでしょう。分かっているが恥ずかしい。

「美樹さん、入って」

「ええ、分かった」

何故か念入りに洗った。

髪も乾かしてバスローブで出た。

「美樹さん、来て」

ベッドに引き寄せられた。

「涼真君、私を見て！」

バスローブの前をはだけて見せた。

「おおー、とても綺麗だ」とキスをしている。

「涼真君、変態？」

ズルッとこけている。

「どうして?」

「だってさぁ、私のスッピンや体を見て綺麗だと言うから」

「アハハハハハハ」と涼真君、笑っている。

咳払いをして
「美樹さん、これから愛し合うのに笑わせないでください」

「あら、ごめんなさい」

「可愛い人だ。凄く胸が綺麗だ!」と乳房を触っている。


今までにない優しさと激しさ……凄い。こんな事初めて……怖い。溺れそう。十歳も若いって……体力が違う。

はぁ~とため息が出る。久しぶりに男の匂い。

ゆっくりベッドを出て、シャワーへ。

「涼真君、私帰るね。終電に間に合うから」

「ダメだ! 帰らないで。泊まって!」

「何言っているの! 着替えも無いし。帰る……」

ベッドに引っ張られ涼真君の腕の中。

「ダメ。明日休みだから買い物行って、映画も見よう。明日も泊まるんだ」

「ええっ？　何言っているのよ！」

「ダメ。帰さない」

がんじがらめで動けない。

「離して、涼真君」凄い力、ほどけない。

「ダメだ。もう僕の物だ」

「とにかく離して。終電が……」キスで唇をふさがれる。

うわぁ～、とろけそう。こんなキス、怖い、怖い。

終電間に合わず……泊まる事になった。

「しょうがない。まぁ、いいか」二人でぬくぬくと、朝までぐっすり。

朝、七時に目が覚めた。

「ええっ？　びっくり、こんなにぐっすり寝るなんて」涼真君、まだ寝てる。シャワーに入って、出てきたら
「美樹、おはよう」

「おはよう。いっぱい眠れたね」

「うん、ぐっすり、深く寝たから、体力復活！」とベッドへ。

「何？」

シーツの中で、モソモソとおっぱいを吸っている。

「美樹のおっぱい大好きだ。最高！」

「えっ？　若い！」

二回目、体ががくがくだ。二度寝。目が覚めたのが十時。焦った。

「早く起きて！　部屋を出ないといけないんじゃないの？」

「大丈夫だよ。でもお腹空いた。モーニング注文しようね」

「こんな時間からできるの？」

スイートルームは違うな。

「ああ」電話している。

「三十分後ね」と。

私は、急ぎシャワーに入った。涼真君も入ってきた。

「しまった。着替えが無い！」

「美樹、買い物に行こうね。それまでノーパンで我慢して」

涼真君、鋭い！　見抜かれている。

ホテルでこんな時間にゆったりと、モーニングしているって初めてだ。さすが高級ホテル。

窓から優しい日差し。お部屋も清潔感があって、夜と違って窓からの眺めが凄く綺麗だ。こんな所に泊まれるって凄いな。

「凄く、気持ちいい〜」と背伸びをした。後ろから、

「美樹、僕どうだった？　体の相性は合格？」と優しく抱いて耳元で囁いた。

「ええ、最高に良かったわ。最高点で合格よ」

「ご褒美に日曜日まで僕といる事、いいね。美樹」

昨日から名前を呼び捨てになっている。こそばゆいけど少し嬉しい。うふふふ。

お化粧は、持っている化粧ポーチの中身、ファンデ、チーク、アイブロウ、グロスで簡単に済ませて買い物に出かけた。

知り合いのブティックがあるらしい。

「これは、どう?」

値段を見たら、ワンピースが、な、な、何と十万円！

「いいえ、自分で選ぶから」と言って出た。

ブラウス、二枚で一万円。十分、仕事にでも着れる。

「後、下着コーナーへ」

涼真君、自分の好みのブラとショーツのセット。不思議とサイズがピッタリ合っている。

コンビニで化粧落しと化粧水を購入。

「軽く、お昼を食べよう」パスタ屋さんへ。

「映画でも見ようか」

「ホテルで、ビデオでも見ましょう」

「美樹、足元が、スースーして、落ち着かないんだろう。アハハハハ」

バレている。四時頃ホテルに着いた。

「疲れた～。たくさん歩いたね」

「僕、とても楽しかった。美樹といると疲れないし楽しいんだ」

「あら、嬉しいわ」

急いで買い物した荷物を開けて下着を探していたら、涼真君がテレビを見ながら、

「どうせ、すぐ脱ぐから着なくてもいいいんじゃないかい?」とニヤニヤ笑っている。

私は自分でも顔が赤くなっているのが分かる。

「いや～ね～。何言っているの！　まだ、四時よ」

急いで、シャワーに入って、着替えた。さっき買ったブラウスは素敵。

「着替えたの？」

「ええ、スッキリ。ねぇ、見てさっき買って貰ったブラウス素敵でしょう」

ブラウスには興味が無い。

「さぁ、それでは僕の胸を触ろうかな～。買ったブラジャー見せて」と。

今、着たばかりのブラウスを脱がし始めている。

「やっぱり、綺麗だ。似合っているなぁ」

「何しているのよ。ビデオ見ようよ」と立った。

若いって体力が違う。私は疲れて横になりたいが襲われそうだからベッドへは行かない。

ビデオを見ながら二人でウトウト。気持ちがいい。

「食事は、ホテルで食べようか」

「ええ、いいわ」

「ショッピングでも行こうか」

「何か必要な物あるの？」

「ないけど、恋人の記念に美樹にプレゼントしたい」

「ブラウスと下着を買って貰ったじゃない?」

「指輪とかネックレスとか」

「ええー、今はいいよ。もう少し経ってからにしましょう」

「必ずだよ。いいね」

「ええ、嬉しいわ」

美味しいお寿司専門店へ。高そう。

「へぃ、いらっしゃい。高山さん、お久しぶりです」

「おおー。大将、ご無沙汰しております」

「あれ、素敵な女性連れって初めてですね」

「ええ、恋人です」

「は、初めまして」照れ臭い。堂々と言う。

「わぁ~!　凄く、美味しそう」

「たくさん食べて」

「遠慮なく頂きますよ。まずは、白身の甘鯛、ウニをお願いいたします」

「いいね!　僕も同じで」

「う〜ん、美味しい。後は玉子、エンガワ、マグロの中トロ」

「面白いな。僕も同じで」

たくさん食べた。最高に美味しかった。

九時頃、部屋に戻った。

シャワーに入って、十時頃からベッドに入る。何と、涼真君は体力の限界ってないのだろうか。昨日、二回で今日も続ける。本当に凄い。私も……とろけるような愛撫に痺れてしまう。優しさが伝わる。

「美樹、愛しているよ。いつも一緒にいたい」

「ええ、私も……」

深呼吸しないと、いけないほど感じてしまう。何年ぶりだろう。こんな感じ。二十代……ちょっと、待って……涼真君。

追いつかないほど、愛してくれる……彼に溺れてしまう。

そっとベッドを出たのが十一時半、こんな時間！　涼真君、凄いとしか言えない。

十二時頃、ベッドに入り涼真君に包まれて、深い眠りに就いた。

朝八時、シャワーに入って身支度。

「最高の週末でした！　ありがとう。先に出ます。気を付けて帰ってね。　ミキ」

第二章　年下の男性に心が揺らぐ……

【高山　涼真編】

高山涼真　四十歳。独身。室内インテリア、家具を設計する会社の本部長。社員四百名。

マンションもある。金もまぁまぁある。

恋愛経験多数イコール女性経験豊富。でも、結婚願望は無い。美人、グラマー、スタイル抜群の女性の経験はある。でも運命の女性に出会えない。女性は一度寝ると勘違いする。恋人のように振る舞うから嫌になる！　いかにもあなたは私の物よって顔をする。苦手だ。

抱いて欲しいと言われたら、

「恋人としては付き合えないよ。それでもいいんだったら抱いてあげるよ」

それでも、抱いたら同じだ。

セフレとして付き合う。でも……飽きたんだ。心から、愛した人に出会いたい。一人でいる方が楽だ。


最近、友人の安がバーを始めた。凄く居心地がいい。ゆっくりできる。週二回は行く。気も使わない。

週末だ。あぁ～、癒されたい。安、ありがとう！

安の店で、最近一人で飲んでいる素敵な女性がいる。年上のようだ。綺麗だ。抱き心地が良さそうだ。

でも、女性は怖い。彼女を見て二か月がたった。僕を見もしない。僕がいるのも知らないだろう。

男性に興味が無いのか声をかけてみようかな。

ちょっと冷たそうな感じ。勇気を出して、

「隣、いいですか」と声をかけた。

近くで見るとセクシーだ。参ったな。

それから何度も席を一緒にした。よく笑うし、しつこく無い。

余りにもあっさりと帰っていく。僕はセクシーじゃないのかな？　色目も使わないし、
二時間するとサッサと帰る。

う〜ん、抱きたい。どうすればいい！　今日も、

「涼真君、じゃ、帰るね。次は一人で飲みたいから声をかけないでね。おやすみなさい。

ウフフフ」と、本当にあっさりと帰っていった。

振られた感じだ。僕はタイプではないのかな。


週末、カッシュに行ったら、彼女がゆっくりゆったりといつものハイボールと枝豆を食べている。

先週、声をかけるなと言われたので我慢しよう。

カウンター席で、一点を見て目を閉じたり腕を回したりしている。そして、いつものチャーハンを注文している。

僕は何をしている？　ストーカーのようにずっと見ている。

あぁ〜、綺麗だ。年上そうだし理想の女性だ！

二時間したら席を立った。

「あら、涼真君も来ていたのね。じゃ、お先に失礼しますね」と帰っていった……。

僕は何もできない。悔しい！

「安、彼女はいつも話もしないで、二時間いて帰るんだね。先週さぁ、『来週は一人で飲みたいから、声をかけないで』と、言われて振られた。ショックだった」

「たまには、愚痴を言うけどストレス解消法みたいだよ。あっさりしていて、管理職のようで不満があるみたいだよ。確かに綺麗だよな」

「今までは、女性に対して躊躇した事無いけど、彼女には壁のようなものがある。受け入れてくれない」

「おおー、涼真、珍しいな。落とせない女性もいるんだ。アハハハハ」と、笑っている。

僕は真剣なのに。


翌週が来た！　これからは何と言われても、毎週声をかけるぞ。

「今日は隣の席いいですか？」

「ええ、どうぞ。涼真君もいつも一人なのね」

「一人が楽ですよ。気も使わないし……」しまった！　焦って、

「でも、あなたと話すのは楽しいです！」

「あら、気を使っているのね。ウフフフ」

勘違いしている。しまった！

「ち、ち、違いますよ！　あなた……いや、お名前を教えてください」やっと、聞ける。

「美樹と言います。よろしくね。ウフフフ」

いい名前だ。何がいい名前なんだか意味が分からないが響きがいい！　何の響きだ！

意味不明。

何度か話しているうちに、どんどん好きになっていくのが分かった。僕をどう思っているのかな。気持ちが抑えられない。

美樹さんの仕草や、目が無意識のうちにグラスに伸びる手の動きを追っている。綺麗だ。

ある日の金曜日勇気を出して、

「美樹さん、僕と付き合ってもらえますか！」

「あら、どこかへ行くの？」何と、天然。

「ち、違いますよ。恋人としてですよ！」

「ねぇ、涼真君、おいくつ？」

「四十歳です」

「私は来年、五十歳よ。分かる？　十歳も年上だよ」

「それがいいんです」

「あなたが五十歳になったら、私は六十歳だよ」

「当たり前です」

年上が気になるようだな。

「あなたが六十歳になったら、私は七十歳だよ。あなたが私を介護するかもしれないんだよ」

「当たり前です。それがどうしたんですか。何が問題ですか」

ぐずぐずと駄々をこねているように感じる。可愛い。

「う～ん、どう言えばいいのかな～」

「問題は年が上だからですか？　僕は男として魅力が無いですか？」

僕に興味が無いのか。

「涼真君は十分素敵だよ。だから、若い女性はいくらでも選べるでしょう。何でおばさんを」

「あなたがいいんです」

「遊びはいいけど、セフレとかね。本気はダメよ」

「はあ～？　どういう意味ですか！」

セフレ……僕がセフレにと言われた。僕が……言われると意外とショックだ！

しばらく考えている。

「分かった！　試しに私を抱いてみる？」

「ええっ？　嬉しいです！　いいんですね。絶対に相性はいいです」と、さすが姉御肌だ。

「さぁ、行きましょう！」と、手を引いて店を出た。

「ちょ、ちょっと待って。今から行くの？」

「そうです！　嬉しいです」

美樹さんを見たら、後悔しているようだ。

「美樹さん、後悔していますね。ダメです。必ず、抱きます！」

とぼとぼ歩いている。可愛いな～。

ホテルに着いて、手を振り払おうとしているが離さなかった。逃げられないように強く握った。ドキドキしている。

ルームキーを受け取り部屋まで、手を離さなかった。これから、美樹さんを抱くんだ。嬉しい！

美樹さんは顔が赤い。恥ずかしそうだ。部屋に着いて直ぐにキスをした。熱いキスだ。嬉しい。

「りょう、涼真さん、シャワーに入る」と言っている。

美樹さんが凄くドキドキしているのが伝わるし頬が桜色だ。うぶだな。僕はワクワクする。

美樹さんもシャワーから出て、ベッドに手を引いていった。驚きの行動。バスローブの前を開き、

「私を見て！」僕は、

「綺麗だ！」と答えた。本当に美しい。美樹さんのおっぱいは最高だ。

「涼真さん、変態？」ズッコケた。

「だっておばさんの、スッピンと裸を見て、綺麗だと言うんだもの」

「本当に綺麗だよ。これから、愛し合うのに笑わせないでよ」

「あら、ごめんなさい」

う～ん、可愛い。

肌が吸い付くように気持ちいい。優しく、激しく抱いた。

「ねぇ、久しぶりなの。ゆっくりね……」と、エロい顔で言う。我慢はもう終わりだ。嬉

しい。

どれぐらい時間が経ったのか分からないぐらい愛した。最高に体の相性が良い。初めてだ。離してはいけない。

そっと、ベッドを出てシャワーに立っていった。

「涼真君、終電に間に合うから帰るね」

「ダメだ。帰らないで！　泊まっていくんだ」ベッドに引っ張った。

「ダメだよ。帰るよ。お願い……終電が……」美樹は無駄な抵抗している。ああ、好きだ。帰さない。

強制的に泊まった。こんなに深く眠れたのは驚いた。安心して眠れた。

朝、シャワーから出てきた、美樹が綺麗だ。ベッドへ。二回戦だ。

「はぁ～ん、昨日もしたのに！　体力が……」何か言っている。僕の物だ。

「美樹、僕の物だ！　僕以外の男性は見るな。僕は合格かな」

「ええ、最高点で合格よ。ウフフフ」と、可愛く笑っている。たまらない。

買い物をしたり、食事をしたり楽しい。疲れない。わがままを言わない。あまり高価な買い物はしない。不思議な女性だ。

こんなに楽にいられる女性は初めてだ。何だろう。

あっという間に土曜日の夜。明日は帰さないといけない。離れたくない。夜は、優しく僕を忘れないように愛した。キスマークもたくさん付けた。綺麗だ。溺れてしまう。離れたくない。

日曜日の朝、美樹がいない。しまった！　連絡先を聞くの、忘れた！　月曜日、会えるからいいか。僕が思っていた以上に最高に相性が良かった。性格もいい女だ。必ず、恋人にするぞ！　美樹も同じだろう。最高な週末だったな。美樹を思い出すだけで、股間が疼くな。久しぶりにいい女に出会った。付き合って結婚を考えたい。ワクワクする！

楽しい月曜日。一日が長い。夕方カッシュへ。月曜日、カッシュで待った。八時、美樹が来ない。会議か何かで来れないのかな。でも、来てくれると信じたい。

連絡先が分からない。残念だ。今日は会えなかった。

火曜日、十時まで待っても来ない……変だ。

美樹は僕を恋しくないいんだろうか。僕は会いたくて仕方ないのに……。

水曜日、十一時迄、待っても来ない。どうしてだろう。あんなに幸せだったのに……

きっと、明日は来る。

連絡しようと思ったら、カッシュにでも電話するだろう。

木曜日、来ない。何故だ！　僕はイライラしている。

美樹は嘘を言ったのだろうか。最高に良かったと言っていたのに……。

金曜日、今日は週末だし、必ず、来る……十二時まで待つ。来ない！　どうして来ないんだ！

仕事が忙しかったんだろうか。愛しているのに！

僕の事、愛していないのかな。でもどうして……僕は会えなくて辛いのに。苦しい。

翌週、月曜日から金曜日まで毎日待った。僕は何をしている？　美樹に振られたんだ。金曜日、腹が立つ。諦めよう！　カッシュの後ろのボックスシートの三十代らしき女性がこちらをちらちら見ている。

誘ってのポーズ。頭に来ているので、誰でもいいやと誘ってみたら、案の定すぐ付いてきた。近くのラブホへ。勢い任せに抱こうとしたが、気分が乗らないし、息子が起きない。

えっ！　何で！

この女性に感じない。抱きたくない。自分に言い聞かせた！

『どうした！　涼真』

言い聞かせるが、勃起しない。

理由は分かっている。美樹だ。美樹の事を考えると起き上がりそう……でも、女性を見ると萎える。

『待て！　わぁー、どうしよう！』と焦る。

美樹にしか反応しない。余計に腹が立つ。

あれから、二か月、毎日、毎日、美樹の事ばかり……僕は初めてだ。特定の女性にしか反応しないなんて。悔しい。

何故だろう。胸がチクチクする。

ああ、出勤前のスーツが似合わない。スッキリした気分で着られない。顔が冴えない。

毎日、美樹の事ばかり考える日々。毎日、夜が長い。

考えないように仕事に没頭した。

友人達も女性を紹介するが気分が乗らない。美人、グラマーな女性、可愛い女性、だめなんだ！　美樹じゃないと……。

あんないい女には出会えない。

はぁ～、ふぅ～。自然に出るため息。


……三か月が過ぎ、そんなある日、友人から
「涼真、皆で飲むから参加しないか」

「ああ、分かった。いつもの居酒屋だな。六時了解」

一人でいると美樹の事ばかり。最近は憎しみに変わりそうだから嫌になる。可愛さ余って憎さ百倍。でも、やっぱり会いたい。

こんなに、こんなにも女性に惚れたのは初めてだ。

居酒屋に六時に着いて、みんなでワイワイ楽しんでいた。久しぶりに会った友人も居て大笑いした。

八時過ぎ、アベックが入って来た。聞き覚えのある声がした。ん！　美樹の声？　振り返ったら、

あっ！　美樹だ！

カウンター席を見たら、男女が肩を並べて、座っていた。

男性が美樹の肩に手を回している。我慢できず、

「悪いが、急用ができた。またな」と席を立った。

男性の手をほどいた。

「僕の女を触らないでもらいたい！」

「えっ！」と驚いている。

美樹が振り向いた。

「ええっ？　涼真君！」

相手の男性に、

「すみませんが、美樹を連れて帰ります。失礼します。美樹、行くよ！」

誰なんだ！　美樹に触る男は！　ぶっ飛ばしたい奴だ！

美樹は慌てている。

「秀、ごめん！　由美によろしく。この埋め合わせは、今度ね……」

言い終わらないうちに店を出た。


自分でも分かるぐらい顔が怖いだろう。美樹が、

「手が痛い！」

それでもゆるめなかった。

腹が立つ。タクシーに乗ってホテルに着いた。カウンターでカードキーを受け取ってエレベーターへ。一言も口を利かない。美樹が、

「ねぇ、手が痛いの」

「……」無言。

部屋に着いた。

「そこに座って」

深呼吸して気持ちを抑えて聞いた。

「さっきの男は誰なんだ！」

「会社の仲のいい同僚だよ。大阪から出張で来ているの」

納得いかないが、それは置いといて、

「僕を避ける理由を言って！」

「……避けてはないよ」

「じゃ、何！」

「……忙しかったの」

「理由にならない！」

「……」

「僕はこの三か月、美樹に会えないのが苦しかった。分かっている？」

「ごめんなさい」

「他に言う事は」

「ん？　何？」ボケ～ッと答えている。イラッとした。

「はぁ～あっ！　美樹は僕に会いたくなかったの？」

「……私も会いたかった。とても」

「どうして、連絡くれなかった！」

「……怖いの！　怖いのよ！　涼真君に溺れそうで！」

言っている事が理解できない。こんなに愛しているのに。

「それが、何故怖い？」

「五十歳で年下の涼真君に惚れて、あなたがいないと生きていけなくなるのが怖いし嫌なの。今まで、頑張ってきたのに！　涼真君といると幸せを感じる。それが怖いの」

何を言っているのか理解に苦しむ。

「意味が分からない！　二人でいると幸せなのが怖いって、お互い求めているのが何故いけない！」

「あなたより、十歳も年上だよ。私も十歳遅く生まれてあなたに会いたかった！」

泣いている。

「美樹が僕と同い年だったら惚れていなかったよ。今の美樹が良い！」

抱きしめた。愛おしい。離したくない。

「私も、涼真君を愛してもいいの？」

「僕の物だよ」

むさぼるようにキスした。

「涼真君、会いたかった！」

「僕は抱きたかった。美樹じゃないとダメだ」

しばらく抱き合って泣いた。美樹が、

「シャワーに入ってきて」

僕は、

「先、入って」

と、逃げられたら怖いから、

「二十分したら、僕も一緒に入る」

それは、溺れそうな優しい夜で僕は美樹と離れられない体になりそうだ。僕の方が溺れている。

何だろう？　抱き心地が何とも言えない。

朝もくすぐったいほど優しい、愛おしい美樹。


土曜日。

「どこか出かける？」

「いや、ずっと部屋にいる」

「ええっ？　何をするの、部屋で」

「ずっと、くっついている」

「何、それ？」

「だって、もう離れるのは嫌だ」

抱きしめた。こんなに甘い美樹、離したくない。

「お買い物に行こうよ」

「記念になるやつ？」

「ええ、そうしましょう」

「分かった」

ホテルの部屋を出てから手を離さなかった。

「ねぇ、どこも行かないよ。手を離してもいいよ」

「ダメだ。本当はおっぱいを触りたい」

「嫌だ～、おバカさんね。うふふふ」

「君の側だったら、おバカさんでいられる。アハハハハ」

素敵なダイヤのネックレスを記念に買った。その場で着けて、

「よく似合っているよ」

「ありがとう」

カフェでお茶。

「ねぇ、美樹、結婚しよう」

美樹はびっくりしてケーキを落とした。

これ以上、離れるわけにはいかない。恐ろしい。身震いがする。

「えっ！　どうしたの急に」

「あの三か月、苦しかったし悲しかった。寂しかったよ。もう、離れたくない」

会えない苦しみが怖い。側にいて欲しい。

「ちょっと待って、もう少し考えようよ」

「どうして」

「……年」

「どうしてこだわるんだ！」怒った。

「だって、怖いの」

「僕だって、美樹と離れるのが怖いよ」

美樹の手を強く握った。

夜まで手を離さない。ようやく部屋に戻った時に離した。

夜は美樹が、壊れそうなくらい愛した。

朝日を覚ました時、美樹の体を足と腕の鎖で……。

「おはようございます」

「おはよう。今日はいた」

「だって、動けないし！　ウフフフ」

「アハハハハ。ほんとだね」

「夕方まで一緒にいるから」

「午後には帰りたい。明日の準備もあるし、ランチしたら帰るね」

「一緒に住んでいたら、離れなくていいのに」

「分かったわ。考えようね」

本当に酔いしれるような、二日間だった。

今度は携帯番号も聞いたし、大丈夫だ。

女性といるのが、こんなに幸せだと感じたのは美樹が初めてだ。

第三章　不安と親友の存在

月曜日夕方、美樹に電話するが出ない。

「ん？」

八時過ぎ、出ない。……又、不安が過る。

火曜日夕方、出ない。八時過ぎ、ようやく出た。

「どうして電話に出てくれないんだ！」

『ごめんなさい。涼真君といると、幸せすぎて不安になるの。だけど会いたいの。抱いて欲しいの。一人で生きてきた私はあなたに身を委ねる事に抵抗があるのよ』

「どうして甘えてくれない。いや、甘えて欲しい。これ以上僕を怖がらせないで」

『もう少し、考える時間が欲しいの。あなたを愛して、やきもちや束縛するんじゃないかと心配なの。もうちょっとだけ待って。私もしっかり考えるから』

「考えないといけない事なんだ。それぐらいしか僕の事を愛していないんだ。僕は美樹がいない事が考えられないのに……」

『ごめんなさい……』

悔しくて電話を切った。寂しい！　どうすればいいか分からない。追いかけても、追いかけても手を払う。心が痛い。

毎日、忙しく仕事をした。時間ができるのが怖かった。頭の隙間に美樹が入ってくる。くたくたになるまで残業をして、隙間を作らないようにした。


それからしばらくして……悲しくて辛くて、圭司に会いたい……。

僕が辛い時、嬉しい時会いたくなる親友。長い付き合いだなぁ。幼稚園から大学まで一緒で、いい距離感だ。お互い必要な時に連絡する。信頼できる奴だ。最近は、そこそこに売れ出した作家だ。

「圭司、僕だ。今日、行ってもいいか」

『おおー、久しぶり。いつでも待っているよ。来い』いつもの低い声で。

僕は、いつも泊まりがけで行く。ビール、ウイスキー、おつまみを持って。圭司は料理上手だから食事は作ってくれる。

誰かに話さないと爆発しそうだ。

「よぉ～、久しぶり。早く上がれ」ホッとする。リビングに入ったら、ご馳走が準備してあった。

「さすが圭司、旨そうだな」

世間話をしながら、飲んで食べた。圭司が、

「何があった？」

「恋愛って、難しいな。苦しいんだな」

「君が、女性に振り回されているのかい？」はぁ～、とため息をついて……。

「今、とても愛している女性がいるんだ。理想の僕より九歳年上で、苦しい程愛している

のに、追いかけると逃げるし、捕まえても手をほどくんだ。気持ちを伝えても受け入れて

くれない。体の相性は抜群にいいのに僕を拒むんだ。どうしていいか分からないんだ」

「仕事の関係かい？」

「いや、安のバー・カッシュで、一目惚れしたんだ。時間をかけて、見ていた。声をかけ

て友人からスタートした。明るくて、素直で、優しく笑うんだ。僕は恋人として考えてい

た。プロポーズもした。だけど……流される。年の差が気になるようだ」

「昔から、結婚相手は年上の人と言っていたな。こんなに振り回されていても諦められな

いんだな」

「ああ、運命の人だ。この先、美樹のような人とは出会えない。どうしても結婚したい！」

「涼真、本気なんだな。相当惚れているな」

「ああ〜、美樹だけだ。圭司、どうすればいい？　苦しいんだ」と、
気が付いたら、涙を流している自分がいた。ハッとした。

「両思いなのに、前に進めない状況なんだな。ただ、優しい女性は押しに弱い。涼真、ひるむな！　押して、押して、押し倒すんだ。伝えろ！　正直な気持ちを！　美樹さんも、迷っているはずだ。愛していいのか悩んでいるはずだ。誠実そうなようだし。年上がハンディだと思っているから気持ちを何度も伝えろ！　大丈夫だ」

「そうだよな！　こんなに愛しているのに。諦めたら終わりだな。よーし、頑張るぞ。美樹を僕の物にするぞう」

「そうだ！　負けるな！」と、乾杯した。それから、記憶が無い……朝八時頃、目が覚めた。頭が痛い……飲みすぎた。

「おはよう。よく寝ていたな」

「ああ〜、睡眠不足で爆睡だ。飲みすぎた。頭が痛い」

「あれだけ飲めば、二日酔いだよ。アハハハハ」と、圭司は笑っている。何だか、スッキ

リしている自分がいる。

「涼真、フッと君の気持ちを、歌詞にしてみた。

僕の愛に背を向ける君。

追いかけても　振り向いてくれない
捕まえても　手をほどいてしまう
優しく愛したいのに　目を逸らす
苦しいよ　悲しいよ　君が欲しい
どうしたら　分かってくれる
どうしたら　信じてくれる

理由は分かっている　僕が年下だから
理由は分かっている　君は勇気がないから
いっぱい愛したいのに　心を払う

苦しいよ　悲しいよ　君が欲しい
どうしたら　僕を見てくれる
どうしたら　愛を受け入れる」

僕は、読んで泣いた。声を出して泣いた。
圭司は、僕を分かってくれている。ありがとう。素直に感謝した。
もう少し、頑張ろう。
こんなに苦しいんだ。愛しているのに逃げる。

ああ、会いたい！　抱きしめたい！　辛い。
ただ待つのは嫌だ。運命の人だ。必ず、どこかで会うだろう。
偶然じゃない！　必然的に会うはずだ。
神様、どうか僕にください。愛する人美樹を。
心が、手が、体が、美樹を求める。

第四章　運命の出会い

【美樹編】


涼真さんに会えなくなって、三か月がたったある日。

毎日、毎日、彼の事を思う。会いたいけど怖い。身体が覚えている。涼真君に抱かれたい。欲求不満のおばさんか！　嫌だ！　嫌だ！　一人で頑張れる。おばさんは強いんだ！

仕事に生きるぞう！　ファイト！

ある日、新規のアポが入って大手の会社。部下を伴い、いざ、出陣。

「山下君、カタログ、提案書、見積もりは準備できているね。絶対、契約取るよ。いいね」

「はい、課長！　準備オーケーです。頑張りましょう」

凄いビル。凄い会社だとは聞いて知っている。我が社が入るのは初めてだ。

腰が引けないように、営業魂が疼く。受付で、

「初めまして。ビ・リバー印刷の柳澤と申します。本日、二時に高山本部長とお約束しています。お取次ぎを」

厳しそうな会社だ。本部長って怖そう。

「かしこまりました。少々お待ちください」

「どうぞ、七階へ」

「ありがとうございます」

七階本部長室、ドキドキしているが、プライドで冷静さを保っている。秘書、

「どうぞ、お入りください」

「失礼します」

「ああ、どうぞ」

聞き覚えのある声、見覚えのある姿。ん？

「は、はじめ、ま、ましてビ・リバー印刷の柳澤で……ご……ざいます」

やはりそうだ。涼真君、顔を上げた。

「ん！　ビ・リバー印刷？」涼真君もびっくりしている。

「きょ、今日はお時間頂き、あ、ありがとうございます。早速ですが提案書と見積もりを準備してきました」ドキドキしている。

「分かった。見積りを詳しく確認したいから山川秘書、山下さんを必要な部署へ案内して、僕は、柳澤さんから、詳しく聞くから、ゆっくりでいいよ」

「はい、分かりました。少し時間がかかりますが、案内いたします」部屋を出た。

部屋のドア前に、外出中の札を。涼真君が鍵をかける。

「ふ〜ん、ビ・リバー印刷の柳澤さんですか〜」

「ひ、久しぶりね。本部長とはびっくり」おどおどと言った。

「おおー、久しぶりだな。度胸があるね〜。僕をこんなに振り回して、焦らして苦しめるのは君ぐらいだよ。僕から逃げるのは」

「あら、随分上から目線ね」

隣に来た。スーツのブラウスのボタンを外している。

「えっ？　何しているの！」

「僕の胸に印をつけるんだよ。もうこの前の印はとっくに消えているだろうから。う〜ん、いい匂いだ」

胸を出して、吸ってキスマークを付けている。

「誰か来たら、どうするのよ。止めてよ！」

「ダメだ。首に付けるかな～」

「ええっ？　ダメよ！」

「う～ん、いい香りだ。僕の物だよ。今日の夕方、会社の正面に車で待っているからね」

「はぁ～！　何で！　会社の前に？」

「逃げないように」腰が砕けそう。

「お願い止めて、仕事中よ」

「夕方待っているから、いいね」

「会社はダメよ。夕方六時にカッシュに必ず行くから」

「もし、来なかったら月曜日午前中会社に迎えに、いや、拉致しに行く！」

「わ、分かった。行くから」ようやく、胸から離れてくれた。

「日曜日の夜まで一緒にいるから、いいね」

「分かった。行きます」急ぎ、服を整えた。

「キスしたいが口紅が落ちるから我慢する。夜、たっぷりするから覚悟をしていてね」

ゾクゾクするような言葉がよく言えるから、不思議。

契約は、ほぼ決めてくれそう。公私混同のような気もする。山下君、「課長、さすがです。良かったですね。やったー」と、喜んでいる。複雑な心境。


夕方六時、カッシュに駅から走って六時ぎりぎりに着いた。涼真君がいた。

「安、ボックス席使ってもいいかな？」

「いいよ。店は七時から開けるから、ごゆっくり」

「ありがとう。美樹、ここに来て。まず、美樹は観念して欲しい。君は僕から逃げられない。運命なんだ。今日で分かっただろう。君だけを愛している」

「本当に十歳年上の私でいいの？　後悔しないの？」

「何度、言わせる。美樹しかいない」

「私、意外とやきもちやきだよ。束縛するかもしれないよ」

「おおー、楽しみだし、嬉しいよ」大きく深呼吸をして、

「分かった。素直になる……愛している」

抱きしめて熱いキス。素直になろう。愛していいんだと。

「安、いいシャンパン出して、ようやくプロポーズを受けてくれた。乾杯しよう」

「えっ、あれプロポーズなの！」

「そうだよ。明日、指輪を取りに行くんだよ」

「ええっ？　早い」

マスターと三人で乾杯した。

「美樹さん、涼真さぁー、怖かったよ。怖い顔して、ずっとカウンター席に座っているし、声をかけるにも怖いし、営業妨害でしたよ。アハハハハ」

「そうだったかな。悪かったなぁ〜。本当にありがとう、安。アハハハハ」

七時頃、店を出て食事へ。

「何が食べたい？」

「前に行ったお寿司屋さんがいい」

「分かった」

電話している。ずっと肩を抱いたり、腰に手を回したりしている。照れくさい。触っている所が痺れている感じ。

美味しいお寿司を頂いて、いつものホテルへ。

「ねぇ、このホテルいつも使っているの？」

「ここは、会社が所有するもので週末は使っているよ」

「へぇー、凄いね」

「これからは、僕のマンションに行こうね」

「うん、嬉しい」

「それよりも、早く一緒に住みたい」

「私料理、掃除も下手なの」

「ああー、期待していないよ。お手伝いさんいるし、美樹は僕の側にいるだけでいいんだ」

「いいのか悪いのか、少し寂しいな」

「どうして？」

「だって、期待していないって言うからさぁ」

「いいや、やらなくていい。僕を見ているだけでいいんだ」

「こんなに、甘やかしていいの？」

「ああー、甘やかして、甘やかして僕なしでは生きられないようにする」

「もう～、本当にそうなりそうだわ。うふふふ」

「体もね。アハハハハ」

こんなに幸せでいいのかな。神様、ありがとう。

優しく激しい愛し方。嬉しい。心が伝わる。愛おしいと聞こえる。

土曜日、指輪を取りに行った。婚約指輪と結婚指輪がペアだ。とても、綺麗だ。

「サイズがピッタリ！　どうして？」

「前にネックレス買った時、指にはめていたでしょう。覚えていたんだ」

「嬉しい」

「これから、食事しに行こう」

素敵なレストランが予約されていた。改めて
「結婚してください。愛している」

「ええ、お受けいたします。愛しています」

「早く、僕のマンションに引っ越してきて」

「順序があります。まず、涼真君のご両親へ挨拶、ご兄弟に挨拶、それから私の実家へ挨拶を済ましてから引っ越しましょう」

「長いなぁ～。毎日一緒にいたい」と言って、電話をしている。

「父さん、来週婚約者連れて行くから、母さんと兄貴達にも連絡しておいて。ん？　あ、夕ご飯食べようね」私はびっくり。

「ご、ご両親に電話したの？」

「そうだよ。来週土曜日夕方、兄貴夫婦も参加するように伝えた。一回で済むだろう」

「……早い展開。ええー、何着て行こう。心配になってきた」

「明日、買い物行こうか」

「行きたい！　是非！」

「珍しいな、買い物に行こうって言うのは」

「だって、少しでも綺麗に見えるように行きたいの」

「美樹はそのままで十分だよ」

「もう～、嬉しい事言うんだから」チュッと頬にしたら、唇に返してきた。

「えっ！　ここレストラン！」二人とも、うっかりでした。

「マズイ。レストランだったな。アハハハハ」

素敵なプロポーズ。


日曜日、デパートに買い物。ブティックで優しい色にしよう。少し若く見えるかもしれないベージュ色のスーツ。スカートが長めでフレアになっている。少しフェミニン調、可愛すぎるかな。

「ねぇ、涼真さん、どう？」

「可愛いね。いつものイメージと違うね」

「可愛すぎるかしら」

「悪くないし可愛いよ。若く、見えるよ。クックックックッ」

「何よ！　その笑い」

「だって、可愛いよ。努力が見える」

「そりゃあ、頑張る時よ」

「アハハハハ」

第五章　高山家のサプライズ

いよいよ土曜日挨拶に行く日、ちょっと緊張している。

「美樹、行くよ」

「は～い」


高山家に着いた。凄く大きな、立派な家だ。

お父様は、不動産業をなさっているそうだ。儲かっているんだろうな。

「いらっしゃい。美樹さんね。涼真の母です」

優しそうなお母様。

「初めまして。美樹と申します。よろしくお願いいたします」

リビングに案内された。

「いらっしゃい。美樹さん」お父様だ。

あれ、お父様、若いような気がする。

「美樹さん、よろしく。年を気にしていたと聞いています。気になりますよね。でも、私達、妻が十歳年上なのですよ。とても幸せですよ」

そうなんだ！

「美樹さん、涼真の兄です。妻の彩香です。うちも、十一歳年上女房です。祖父夫婦も十歳年上です。涼真、良かったね」

「ありがとう。最高に幸せだよ」

食事の用意がされていて、豪華なお料理。

「お母様が準備されたんですか？」

「ええ、彩香さんとね」

「わぁー、お母様、お姉様、凄く美味しそう。早く、食べたいです」

何故か気持ちが軽い。素直になれる。

「美樹は食いしん坊だからね」

「はい、食いしん坊です」

「素直だな、美樹。アハハハハ」

「美樹さん、涼真とおいくつ違うの？」

「……九つです」

「やったー、美樹さんに勝った！」とお母様が言った。私は涙ぐみ、続けてお母様が、

「あら、ごめんなさい。彩香さんに負けてしまったから、意地悪しちゃったかしら？」

「いいえ、とても嬉しいです。年が上で涼真さんを愛してはいけないと自分に言い聞かせて避けて逃げていましたので、本当に嬉しいです。ここにいると幸せを感じます。涼真さんと出会えて本当に良かったです」と涙を拭いた。彩香さん、

「美樹さん、気持ちがよく分かりますよ」と涙を拭いている。

お父様がお母様の肩を抱いている。

「美樹さん、この年でも、ラブラブだよ。なぁ、母さん」

「ええ、いつもくっついているの。子供達が小さい時はやきもち焼いて、二人の間に割り込んできたのよ。特に涼真がね。うふふふ」

「そうだったかなぁ～。アハハハハ」

さぁー、ワインで乾杯、美味しい食事をした。二夫婦、自然に肩を抱いたり、手を繋いだりしているのにびっくりした。

披露宴はせずに身内だけで、食事会をすると涼真さんが話している。

「涼真、写真は、写してね。記念になるから。分かった？」

「ウエディングドレスを着せて僕も記念写真を撮りたいと思っていたんだ。いいだろう、美樹？」

「ええ、嬉しいわ」

この年で、ウエディングドレスは似合うかしら……心配。

何だろう。高山家では、素の自分でいられるような気がする。私っていつも年上でしっかりしないといけないと自分に言い聞かせていた。

先輩感を出さないといけない状況だった。本来は末っ子で甘やかされてのびのびと育った。私って本当は甘えん坊だ。そうだ！　いいんだ！と気が付いた。嬉しい！

意外と素直で可愛い自分。涼真さん、ありがとう。


九時頃、家を出た。

「涼真さん、何故黙っていたの？」

「高山家のサプライズだよ」

「凄く、嬉しいサプライズね。ありがとう」

「家族、ベタベタだろう。それは、パートナーがいいからだよ」

「私達もくっつきすぎるかしら。うふふふ」

「いいや、まだ、足りないよ」と手を握った。


日曜日の夜、母に、電話した。

「お母さん、再来週の土曜日夕方、婚約者連れて行くからね」

『ようやく来てくれるのね。楽しみだわ』

「昨日、あちらの実家に挨拶に行ったの。そしたらね……ううう」

『えっ！　あんた、泣いているの！　反対されたの！』

「違うの、その逆なの。ご両親、兄夫婦も十歳年上なの。まだあるの、おじい様夫婦もおばあ様が十歳年上なの。凄く歓迎されたの。とても、嬉しかった。涼真さんさぁ、ずっと決めていたんだって、結婚するんだったら年上女房って。彼、本当に優しいの。お母さん、幸せだよ」

『ええ、ええ、良かった。安心した。楽しみに待っているね。お父さんにも話しておくね。一樹達にも、伝えておくね』

「うん、じゃ再来週土曜日夕方ね」

母は、安心していた。


実家に行く当日。私は緊張していた。

「早く、行こうよ」と。

「私、緊張しているわ」

「そうかぁ～。じゃ、深呼吸して、吸って、吐いて～、吸って、吸って」

「ええー、苦しい～」

「バカだなぁ～。吐くんだよ。ワハハハハ」意地悪。

「涼真さん、緊張して無いの？」

「何で？　楽しみだよ。早く、行こうよ」

どんな心臓しているのかな。


実家に着いた。ドキドキしている。

「ただいま」

「おおー、美樹、お帰り」

「お父さん、久しぶりだね」

「初めまして。涼真さんだね。美樹の父です。どうぞ、上がって」

「ありがとうございます。高山涼真です」座るなり、

「結婚の許しを貰いに来ました。世界で一番大切な人で愛しています。僕は美樹さんが居ないと生きていけません。よろしくお願いいたします」

「照れるくらいはっきり言いますね。親としてはとても嬉しいです。末永く、よろしくお願いいたします。涼真さん」

「はい！　今、とても幸せです」

「そうか、良かった。ワハハハハ」

寡黙な父が、本当によく笑っている。涼真さんを気に入ったようだ。そして……珍しくよくしゃべっている。


母は頑張って、御馳走をたくさん作ってくれている。義理の姉さんも頑張ったんだろうね。ありがとう。

涼真さん、

「お母さん、とっても美味しいです。あっ、これ、何ですか？　凄く旨い！」母が凄く喜

んでいる。父も笑っている。

父、兄と三人で美味しそうにお酒を飲みながら何度も乾杯をしている。

兄夫婦とも、和やかに話している。涼真さんって、話が上手い。ホッとした。ありがとう。

実家は駅から一時間かかるので、駅近くのホテルを予約していた。涼真さん九時半頃、タクシーを予約していてタイミング良く迎えが来た。

「お父さん、タクシーが迎えに来たからそろそろ帰るね～」

「ああー、気を付けて帰りなさい」

「お父さん、ありがとうございました。又、近いうちに会いましょう」

涼真さん、少し酔っていて気持ち良さそう。タクシーの中でもニヤニヤとしている。

「お母さん、ホテル着いたよ。おやすみ」

『待って！　お土産を渡し忘れたの。明日、ホテル何時頃出るの？』

「十一時にホテル出ると思う」

『分かった。十時半頃までには、ホテルに行くね』

「ええ、わざわざいいよ」

『顔を見に行くね』

「分かった。待っているね」

『じゃ、おやすみ』


朝、お父さん達が来た。いっぱい抱えてきた。

「こんなたくさん要らないよ」

「美樹、何言っているんだ。嬉しいです。全部持って帰ります」

「多すぎたかな。美樹が好きな柿餅も入れているからね」

「うん、ありがとう」

親は無限の愛をくれる人だ。

涼真さん、嬉しそうに抱えている。

「ごめんね。多いよね」

「いいや、美樹への愛情の大きさだよ。嬉しいね」

「うん、ありがとう」

新幹線の中、駅弁買ったので楽しみだ。二人で仲良く食べておしゃべりした。

少し、眠そう……疲れただろうな。

「ねぇ、涼真さん」

「うん、何？」気持ち良さそうにウトウトしている。

「私、仕事辞めてもいい？」ぱっと起きて、

「辞めてくれるの？」

「辞めて家にいてもいいの？」

「わぉー、いつも帰ったら美樹が待っていると思うだけで嬉しい！」

強く、抱きしめている。

「涼真さん、新幹線の中」

「そうだった。アハハハハ」とても、喜んでいる。

私に気を使って、言わない涼真さん。決めた。三月までに辞めよう。

第六章　会社退職

月曜日、辞表を準備した。部長が、

「柳澤君、来て」

「その前に、お話があります」

「何だね？」

「三月いっぱいで、退職をします」

「ええっ？　何で？」

「恥ずかしいですが……け、結婚します」

「はぁ～？　結婚！」

フロアに響くぐらい大きな声で、皆が見ている。別の部署の部長も小走りで来た。

「何で！」

「何でって何ですか。私でも、男に興味がありますよ」

「受理するかは後で専務に相談するからな。……僕の話は、大阪支社に部長で栄転の話だった」

「残念ですが行けません」

「本当に、本当に結婚するのか？　どんな人か？　幸せになれるのか？　男か？」

「何なんですか。普通の人ですよ。よろしくお願いいたします」席に戻ったら、

「課長、辞めるのですか」

「そうよ」

「ええー、この部署どうなるのですか」

「君達で頑張るのよ。甘えるなよ。自分に厳しくね。さぁ、仕事、仕事」

「柳澤君、専務がお呼びだ」

「ええっ？　早っ！」

一日中、上司に呼び出されて、仕事にならなかった。部署の部下から誘われた。

「今日は飲み会ですからね。課長は強制参加ですからね」

「分かった」


飲み会が続きそうだから涼真さんに連絡しておこう。

「涼真さん、今日から帰り遅くなるね。部署の飲み会。え？　部長に辞職願提出したよ。何といったと思う。何で？とか男か？って言うのよ。それもフロア全部に聞こえるくらいに、大きな声で」

『アハハハハ。上司に可愛がられているんだな』

「そうかなぁ。男っ気が無かったから、使いやすかったと思う」

『しばらくは、飲み会続きそうだね』

「木曜日は、部長会と課長会の合同飲み会、金曜日は同期会、メールが入っていた。それが強敵飲み会」

『ありがとう。辛かったね。愛しているよ。幸せにするからね』

「うん、嬉しい。帰ったら電話するね」

『ああ、気を付けてよ』

「ええ、あ・い・し・て・る」

『おおー、そんな事言ったら、拉致しに行きたくなるだろう』

「うふふふ」


退社時間。

「柳澤課長、早く行きましょう」

隣の部署の社員も、

「僕達も参加したい！」

「ダメ～、私達部署のチームだけ～」

「ええー、ケチ！　僕達もお世話になったんだよ！」

「ケチですよ、じゃねえ～」

ワイワイ部署チームでいつもの居酒屋で係長が、

「まずは、乾杯。柳澤課長、おめでとうございます」

「ありがとう」

照れ臭い。こそばゆい感じ。

「まずは、馴れ初め」

「いいよ～」

「ダメです。義務です」

「何の義務よ」

「分からない義務ですが、話してください。ねぇ、皆～」

「そうです！」拍手喝采。

「分かった。まずはびっくりする事から。……九歳年下です」

「ええっ？　騙したんですか！」

「バカな事を言わないでよ」咳払いして
「一目惚れされたの。逃げても、逃げても、どこかで会うの。不思議と」

二度目の咳払い。

「何と、最後は新しいアポ先で、挨拶して顔を上げたら彼だったの」続けて、

「僕からは逃げられないよと言われたの。観念して素直に受け入れたの」

「それから、それから？」部下、身を乗り出している。

「それからって、上手くいっているよ。幸せって言うのかな」恥ずかしい。質問攻め。約一時間。

女子社員が
「課長、デートはどんなところに行くんですか？」皆、目を輝かせて返事を待っている。

「それは……買い物や食事に行くのよ」

「何だ、普通ですね。課長でも、デートの時はドキドキしますか」

「当たり前でしょう！　私を鉄仮面と思っていたの？」

皆大笑い。二時間余り、質問攻めで会を閉めた。疲れた〜。

木曜日、合同飲み会。又、質問攻めだろうなぁ。

そして当日、やはり質問攻めに遭う。

「柳澤も、女だったんだなぁ～」

「はぁ～ん、男と思っていたのですか、部長」

「いや、綺麗だから女と思ってはいたが、兄貴肌だったからなぁ～」

「何ですか、それ」

「年下らしいが、話は合うのか」

「私よりも物知りで、色んな事を教えてくれますので尊敬していますよ。幸せです」

「いいなぁ～、新鮮だなぁ」

「うふふ。羨ましいでしょう。部長」

「今は綺麗でいいが年取ったら大丈夫か？」

「それが心配で逃げていたんですが、彼の実家に挨拶に行って安心したんです。ご両親、兄夫婦、何と祖父夫婦も十歳年上女房でした。ご両親は今でもラブラブですよ。とても素敵だった」

「そうなんだ。良かったなぁ」全員で喝采。

嬉しい時間だった。おじさん達の質問は昭和感がいっぱいだった。優しい先輩方だ。

金曜日、同期の飲み会。今日が最強飲み会。大阪からも三人参加。

「皆久しぶり〜。乾杯！」

「今日は美樹の退職祝い、結婚祝いも含め同期会です。何でも質問に答えてもらおう」

「はい、質問。どこで引っかけたのか、九歳も年下の男を騙したのか答えて」

「バカな事を言わないで！　一目惚れされたのよ」

「体で騙したのか？」

「そう、体で惚れさせた……ではなく、私がいかされたのよ」

「はぁ〜。そんなに凄いんだ」

「ええ、びっくりするぐらい。体力が凄い。限界無いの？と思う時はあるよ」

「羨ましいなぁ〜。久しく感じていない」と裕子。

皆とは、気も使わないし、何でも知っているから話しやすい。

「美樹は、心も体も満足しているんだね」

「うん、幸せ。自分が結婚なんて考えてなかったけど、婚約者に出逢って変わったかな。とても大切にしてくれるの」

「はい、はい、美樹のノロケもっと聞きたい人〜」

「はい、どんな体位が多いですか?」

「え〜っとねぇ、バカじゃないの! パス!」

「アハハハハ。残念! じゃ、お給料は?」

「パス! ただ、私が仕事辞めても、大丈夫です」

皆、変な質問ばかり。久しぶりに楽しい飲み会だった。

マンションに着いたのが、十一時になっていた。


涼真さんへ電話。

「今、帰ってきました。寝ていた?」

『美樹から電話が来るまでは眠れないよ。どうだった? 最強飲み会は』

「うん、とても楽しかったよ。大阪からも三人参加したの。ほら、居酒屋で会った秀って同期、いたでしょう。彼が、手をほどく涼真さん、怖かったよって言っていた」

『あっ、そうかぁ〜。悪い事したなぁ』

「でも、愛されているんだなとも言っていたよ」

『良かった〜』

「それに色んな質問攻めよ。どんな手を使って騙したかとか、夜は凄いだろうとか、どんな体位が多いのか、とか遠慮なく聞くのよ」

『アハハハハ。美樹はどんな体位が多いと答えたの』

「パス！　と答えたの」

『ちゃんと答えればいいのに、五体位あるって、アハハハハ』

「バカね。そんな話をすると、会いたくなるじゃない」

『今から、迎えに行く？』

「何言っているの。明日、ランチでね」

『早く会いたい。食事済んだらすぐ、僕のマンションに帰ろうね』

「じゃ、明日のお昼は涼真さんのマンションで私が作ろうかな？」

『おおー、その方がいい！　すぐ、キスができる！』

「分かった。買い物して、十一時には、行きますね。待っていてね」

『う～ん、体がもやもやする』

「もう～、明日ね。おやすみ」


親子丼を作ろうかな。

卵とチキンと玉ねぎと人参、独り言を言いながら買い物を済ませマンションに着いた。

ピンポーン。

「は～い。待って」

ドアを開けて、入るなり熱いキス、長～い、長～いキス。首に、胸にも、

「ちょっと、待ってご飯食べてからゆっくり、ね」

「会いたかった」

「私も」

ようやく玄関を上がった。

キッチンでも、ベタベタくっついてくる。

「邪魔ですけど」

「そんな寂しい事言わないで邪魔なんていやだよ」本当に悲しそう。

余計にハグしてくる。

「もうすぐできるから、ちゃんと座ってね」

「分かった」

「どうぞ」

「作るの、早いね」一口、口に運ぶ……。

「う～ん、旨い！」はぁ～、安心……。

「ゆっくり、食べて」

「早く食べて、シャワーに入ろう」

「まだ、お昼ですけど」

「それが？」

「ベッドに入るの、早くない？」

「ええっ？　僕はベッドに入るって言ってないけど」

「えっ！　……勘違い。ごめんなさい」

「うそ、うそ、そう言う意味だ。アハハハハ」

「もう～。意地悪だなぁ」

サッサカ食べて、サッサカお片付けして、サッサカ手を引かれてシャワーに向かった。

陽もまだ高いのにベッドで愛を確かめ合って……。

「嫌だ～。もう三時よ」

「買い物に行こうか」

「何かあるの」

「早く一緒に住む為に、揃えようよ」

「何を？」

「分からん」

「ええー、何、それ」

二人で大笑い。幸せ。

予定もなく、出かけた。何を買い物するか決めずに。

雑貨屋さんで、可愛いマグカップ、グレーとピンクを買った。

「今どきは少ないかもしれないけど、僕はホームウエアをペアで欲しいな」

「じゃ、探しましょうね」

色々歩き回って、下着のブランドコーナーで見つけた。

「マグカップのペアみたいに、ピンクとグレーにしましょう」

「今日、着ようよ」

「ホームウエアは洗濯して着ましょう」

「分かった。しょうがない。今日は、裸で過ごそうな」

「ええ、原始人の様に、爽やかに過ごそう。そうじゃなくて、変態でしょう」

「いいじゃないかぁ～」

「嫌だ～。バスルームからドア、ドアからリビング迄行けないよ」

「何言っている。堂々と歩いて行けばいいでしょう」

「胸が、ボヨン、ボヨンだし、涼真さんだって、ぶらぶらでしょう？」

「えっ、何がぶらぶらなの？」

「は〜い？　男は、一つでしょう」

「何？」咳払いして
「あなたの大事なものヨ」

「美樹にとっては？」

「……大好きな物です」

「ハハハハハ。そうか、大好きか〜」

「ああー、いじめだ〜」何故か、いつもいじられる……私のドジな性格を知っている。やはり少し変態？

バスタオルや台拭き、どんぶり二個、夫婦茶碗とたくさん買った。

涼真さんは、

「パンツが欲しい。肌着も」と、どんどん増える買い物。

わぁ〜、楽しい。ファイト！

第七章　偶然、元カノに出会う

　ジーパンを試着していて、出たら彼がいない。何か見ているのかなと、別のジーンズも試着したら話し声がした。女性の声だ。

「涼真、会いたかった！　探したんだよ。もうわがまま言わないから。忘れられないの。愛しているの」と、

「何を言っているんだ！　止めてくれ！　僕は結婚するんだ！」

「涼真の子供を産んだの！　もう五歳になるの。女の子よ！」と言っている。

　耳を疑った。頭が真っ白になった。

　何！　何の事を言っているの？　子供、涼真さんの子供！　ああ〜、どうすればいい！　手が震えて、試着したジーンズが脱げない。美樹、落ち着いて、と自分に言い聞かせて深呼吸を何度もした。でももしそうだったら、別れなくてはいけないのかと恐怖が頭を横切る。怖い。誰か助けて……私は子供が生めない。涼真は自分の子供だったら、復縁を望む

んじゃないかと思ったら体が震えた。

「何の事だ！　君が好きな人ができたと言って、別れただろう」

「その時には、妊娠していたの」

「はぁ、どういう事だ！　そんな事何も言っていなかっただろう」

「別れた時は知らなかったの」

「その人とは結婚したのか」

「一年したら別れたの」

「子供は？」

「自分の子じゃないからと言って別れたの。だから、私と結婚して欲しい」

涼真は余りの驚きで、声が出ない様子。

少し落ち着いて私は自分に言い聞かせた。さすがだ。五十歳の底力と……。

「りょ、涼真の婚約者です。余りに急な事でびっくりしています。まずは子供との証明が必要です。ＤＮＡの検査をして確認が先でしょう。涼真さんもいいですか？　来週、お子様も一緒に来ていただいて検査に臨みましょう」冷静を装った。

「私を疑っているんですか！」バカじゃないの！　当たり前でしょう！

「そうとは言っていませんがこんなに離れていて、涼真さんの子供よって言われて信じられますか？　検査するのは当たり前です。月曜日はどうですか。同時にその場で検査してもらいましょう。それからでも遅くないですよ」涼真さん、顔が真っ青。

その女性は帰っていった。涼真さんは、呆然として青天の霹靂だったのだろう。

「美樹、帰ろう」言葉少なめだ。

私も何を言っていいか分からない。何を聞けばいいかが分からない。

家に着いたが着替えもしないでソファーに座っている。……私は食卓テーブルに座った。

何時間経っただろうか、外は暗くなっている。夕飯を作らなきゃ……立てない。どうすればいい。子供を認知したら、私と別れるの？　母親が子供は命と同じだからと言っていたのを思い出した。自分の子供と思ったら抱きしめたいだろう。私から別れを告げる？　嫌だ！　できない！　子供を引き取って育てる？　できない、できないよ！

寝る時も二人共、天井を見つめていた。長い土曜日が終わった。

日曜日朝、起きれない。辛い。体が？　心が？

涼真さん、ベッドにいない。先に起きている。ぼ～っと、外を見ている。何を考えているのだろう。引き取る事？　私と別れてその女性と再婚？　引き取って私と育てる？　頭がぐちゃぐちゃだ。聞くのが怖い。

「早かったのね。朝食作るね」

「いらない。コーヒーが欲しい」と、私も食欲がない。コーヒーだけで済ました。何もできず、ただ、ただ座っていた。そろそろ、お昼時。

さすがにお腹が空いて、温かいおうどんを作った。

「食べましょう」

「ああ」とだけ。食べながら、

「別れたのは、何時頃なの？」私は脇汗が凄い！　焦っている。

「僕が、三十四歳の誕生日に別れた。ショックだった。今、四十一だから、あっ！　待てよ！　別れて七年になる。子供が五歳だから、計算が合わない！　何故そんなウソを言ったんだろう。気が動転していて考えられなかった。美樹ありがとう。それにしても、酷いな。そんなウソ、検査すれば直ぐ分かる事を」本当に、恐ろしい。バカみたいな嘘を！

心静まれ！　身勝手な嘘を。

涼真さん、凄くホッとしている。うどんを一気に食べ終わって、

「僕は昨日からどうしていいか分からなくて、怖い事が頭を過った。美樹が離れていくんじゃないかとか、子供を認知したら、彼女と再婚になるんじゃないかとか恐ろしい事ばかり考えていた。絶対に美樹とは別れられないから、子供は認知して養育費を払うとか、パニックになっていたんだ。何か……何か、凄く安心した。ごめんよ。心配かけて」と、抱

きしめてくれた。

何故か、涙が溢れて彼の胸を何度か、叩いた……。


月曜日十時、病院で待ち合わせ。

女性は一人で来た。涼真さん、

「子供はどうした。一緒じゃないのか」

「……体調が悪くて、連れてこなかったの」

「子供がいなかったら検査の意味がない。今日は来なくて良かったんじゃないか」

「でも、あなたの子供よ」

涼真さん、顔を真っ赤にして、

「いい加減にしろ！　君と別れたのは、七年になる。何故、子供が五歳なんだ。おかしくないか！」

「えっ！　……覚えていたの。七年になるの？」

「そうだ。忘れもしない、君が僕の三十四歳の誕生日に別れを告げられた。好きな人ができたと、僕はショックでしばらく、恋愛ができなかった。子供が五歳だと計算が合わないんじゃないか？」涼真さん、凄く怒っている。当たり前だ。

「……ごめんなさい。涼真は受け入れてくれると思ったの。別れた人の子供でもないの」

一発殴りたい！

「はぁ～ん！　僕をバカにしているのか！　あまりにもわがままで、身勝手だろう。子供が可哀そうだ！」私は、側で聞いていて、可愛そうな女性だと思った。凄く綺麗な女性なのに。色々聞いたら、不倫していた人の子供らしい。大変だったんだろうな。涼真さんに頼ってきたんだ。

びっくりするような怖い出来事だった。はぁ～、驚いた。


涼真さん、疲れたようだ。

「仕事に戻るね。今日は、早めに帰るよ」と仕事に向かった。

「いってらっしゃい」

今日の、お夕飯は、胃に優しいお魚にしよう。

買い物をして帰った。

夕方六時に帰ってきた。

「お帰りなさい。早かったね」

「会いたかった」と抱きついてきた。

「お疲れ様。お夕飯にしましょう。手を洗ってきてください」

「魚のムニエルだ。旨そう。サラダも美味しそうだね」完食。うれしい。元気がない。テレビを見ながら、ウトウトしている。

「早いけど、お風呂に入る?」

「そうしようかな~」ゆっくり入っている。片付けも終わり、一緒に入った。

「明日から、仕事が忙しくなるんだ。金曜日まで夕飯いらないからね」


火曜日、疲れが取れていない感じ。大きな仕事のようだ。出かける前に玄関で、

「涼真さん、見て!」と胸を出した。

「おおー、大好きなおっぱい! ……残念だけど、時間が無いよ~」

「違うよ。ある小説でおまじないがあったの。おっぱいって、生命をも生かせる力があり、不思議な力があるんだって。おっぱいを触り、願うの。今、抱えている事を。ほら、やってみて!」

涼真さん、素直に、両手で、胸を触りながら、目を閉じている。

「よし、いい感じ! 行ってくるよ」と、出かけた。

後で気が付いたら、何という事でしょう。おっぱいを丸出しの姿。笑っちゃった。小説

にも何の根拠もないと書かれていた。

信じる力だね。ウフフフ。

夕方、

「ただいま！　美樹、上手くいったよ。おっぱいの力だよ」

水曜日から金曜日まで、玄関で、おっぱい丸出し姿。涼真さん、元気で出かけた。

金曜日は、打ち上げで、遅くなるそうだ。

十時頃、帰ってきた。

「ただいま！　美樹、ありがとう。上手くいったよ。おっぱいの神様は凄いよ」

あら、あら、いつの間にかおっぱいの神様になっている。良かった。自分の力なのにね。可愛い涼真さん。

「美樹、おっぱいの神様の小説って何？」

「前に読んだ小説で、女性の作家さんで、おっぱいの不思議な力の事が書かれていたの。面白い小説で、泣いたり、笑ったりの小説よ」

「読んでみたい。ある？」

「ええ、ありますよ」

土曜日、朝から読んでいる。元気になっている。安心。

第八章　高山家ダンスパーティー

十二月になって、

「美樹、ダンスの練習するよ」

「えっ？　何で？」

「高山家のクリスマス会はダンスパーティーだ」

「ええーっ？　ダ、ダ、ダンスパーティー？」

「そうだよ。両親が大好きで、兄夫婦も一緒に踊るんだ」

「ちょ、ちょ、ちょっと待って！　私、あまり見た事もないし、踊った事は、一度もないよ。どうしよう！」

「大丈夫、僕が教えるからね」

「そんな簡単に、覚えられないでしょう」

「僕がいるから、大丈夫だよ」

「そうなの？　しっかり教えてね」

「帰ったら練習しよう」

「分かったわ。お願いします」

さぁー大変。ダンスなんてあんまり見た事もないし、ましてや踊った事もない。う～ん、想定外だ。

マンションに着いた。

「ねぇ、ダンス教えて」

「分かった。その前に、ダンスの種類を見てみようね。まずは皆の前で、披露するジルバ」

「はぁ～？　皆の前で踊るの？」

「そうだよ」

「ど、ど、どうしよう」

「大丈夫だよ。僕が付いているから。安心して」

「う～ん、分かった。頑張るね」

「ジルバの音楽から」

ジルバがどのようなダンスかはネットで調べたが、本当に踊れるのか心配。

流れてきた音は早いリズムだ。楽しそうなリズム……だけど、早い！

「心配になってきた。大丈夫かな」

「六テンポで一、二、三、四、五、六。一、二、三……」

全然できない。涼真さんがリードしてくれるから少し、リズムが取れる。意外とハードなステップだ。

でも、クルクル回ったり、ステップ踏んだり、リズム感が必要だ。涼真さんがリードして回すのだけど、

「キャー」とか「アレ～」とか叫んでしまう。その度に涼真さんったら、お腹を抱えて、笑っている。

「も～、笑わないで。教えて！」

「少し待って。ワハハハハ」と。

涙を流して笑っている。

「早く！　音楽流して」

やっぱり、回るタイミングで「キャー」とか「アレ～」とか声が出る。その度に手を止めて笑っている。

「今日は終わろう。後、一回で大丈夫だからね」

「へぇ、これでいいの？」

「あぁーこれでいいんだ。ルールでジルバの最後にキスをする。それは練習しよう」ダンスの最後に、クルっと回ってキスをすると教えられた。ダンスって、人の前でキスをするって、大胆なスポーツだ。

二回目の練習。やっぱり、声が出る。

「美樹、これでいいよ。別にプロになるわけでもないし、楽しく踊っていればいいよ。クックククック」

「だけど、ダンスってさぁー、忙しいね」

涼真さん、まだ涙を流して声を殺して笑っている。変な涼真さん。

パーティー用のドレスも新調したし、涼真さんもタキシード。準備オーケーだ。

クリスマス会当日。

今日はホテルで一泊する。お父様が毎年プレゼントするらしい。

それもスイートルーム。ワクワクする。

「今晩は。美樹さん、どうぞ」

「ありがとうございます。今日はとても楽しみに来ました」

「そう、良かった」

「ダンスは初めてですが、涼真さんに教えてもらいました」

シャンパンで乾杯。少し、おつまみを頂いてスタートだ。

まずは、ご両親のワルツのダンス。素敵。映画で見るようなダンスだ。

「わぁー、美しいです。素晴らしい」拍手喝采。

今度は、私達の番です。

「それでは、涼真夫婦どうぞ」

さぁ、頑張るぞ。いつもの曲が流れてきた。リズム良く、涼真さんがリードして始まった。私は「一、二、三……」心でリズムを取った。

クルクル回されて、やはり「キャー」「アレ～」とか声が出る。涼真さん、楽しそうに凄く笑っている。かなり長く感じる。息も上がる。そして最後のポーズ、熱いキスで終わった。

「あら、あら、ラブラブね」と聞こえた。

はぁ、はぁ、はぁと息切れ。

「お母様、ダンスって忙しいんですね！」

皆さん大笑いしている。お母様はハンカチで目を押さえるぐらい、笑っている。

「えっ、変でした？」

「美樹さん、最高でしたよ。アハハハハ」お父様。

内心、ホッとした。……でも、皆、しばらく、笑いが止まらない。

「涼真さん、どうして皆、笑いが止まらないの？」

「美樹、最高！　ハハハハハ」又、ジルバの曲がそしたら、

「奥様、お手を」とお兄様。

「愛する奥様、お願いいたします」とお父様。

私は飲み物を飲みながら息を整えて見ていた。ええー、ジルバって、凄い！　楽しそう。最後に、えっ、何で？　……キスはしていない。

「お母様、ジルバって、最後にキスをするルールがあるのですよね？」

「えっ、そんなの無いわ」

「はぁ～ん、無いんですか。涼真さんがルールって、言っていましたけど……」

涼真さんを見たら、お腹を押さえて笑っている。

「涼真、あなた、美樹さんに変な事教えて、嫌ね～。来年はちゃんと教えなさいね」

「いいや、美樹はこれでいい。プロになるわけでもないので楽しく踊りたい。僕はもう、誰ともジルバを踊れないです。こんな楽しいジルバは美樹が初めてだ。ダンスが楽しい～」

「嬉しいような、怒りたいような変な気持ちです」皆、大笑い。

ご両親が難しい、凄いダンスをしている。う～ん、綺麗、カッコイイ。お母様は息切れしていない。凄いなぁ～。

「何というダンスですか？」

「タンゴっていうのよ」

「ええーっ、団子！」

お二人、ズッコケている。

「美樹さん、団子ではなく、タンゴだよ。ハハハハハ」

涼真さん、又、大笑いしている。

「お母様、ダンスの名前が、少し変ですよね」

「何が変なの。美樹さん？」

ハンカチで涙を拭きながら、

「踊ったジルバはバジルみたいだし、掃除機みたいな名前のルンバとか、タンゴは団子に聞こえるし、魚の名前のようなマンボーとか、もっと凄いのは、助産師さんみたいな名前……」

「な～に、それ？」

「えっ～とですね、う～ん、ほら、涼真さんあったでしょう」

「う～ん、あったかな？」

「あっ、思い出しました。サンバ！」

一同、大爆笑。スタッフも笑いをこらえているのが分かる。

「美樹、君は最高だよ。可愛いよ」

「何！　急に、恥ずかしい」


お母様がお父様に話しかけた。

「ねぇ、パパ　涼太を見て！　涼雅が生まれた時以来よ。冷静で、表情を表に出さない子が、ハンカチで涙を拭いているわ。ツボにはまっているのね。涼太を見て彩香さんが又、ツボに入ってしまっているわ。おかしいわ。うふふふ」

「美樹さんは優しさと笑いを高山家に運んでくれるね。涼真を見てごらん、ずっと、笑っているよ。美樹さんをいじって楽しんでいるなぁ～。ハハハハハ」

一休みしたら、第二部です。お兄様も落ち着いたのでスタートです。

クイックの曲が流れた。

お父様夫婦、お兄様夫婦、フロアーへ立った。私達もスタンバイオーケーです。

「美樹、行くよ」

「ええ、準備オーケーです」

「はい。えっ？　美樹、後ろに歩くんだよ」

「ええー、涼真さん、お掃除するようにクルクル回るって言っていたじゃない！」

「そうだったかなぁ～」

「そうだよ！」

「まずは、後ろに歩いてみて」

「ええー、急に後ろになんて歩けないよ～」

「アハハハハ」

涼真さん、お腹を抱えて笑っている。

「分かった！　涼真夫婦のクイックは男女反対ね」と、変更。

「私が前にステップ踏んで、涼真さんが後ろにステップね」角でクルっと、涼真さんが回したら、先程の逆にステップ。

「美樹、逆走しているよ。アハハハハ」

「えっ、そうだね。どうすればいいの？」

「そのまま、行っちゃえ！」

「今年は私が前へ、来年は涼真さんが前ね」

「ダンスのルールを変えるの？」

「だって、涼真さんがちゃんと教えなかったからいけないのよ！」

「アハハハハハ」


涼太さん、二人の会話が聞こえた。

「クックックックッ……彩香、ちょっと休もう！」

「どうしたの？」

席に戻った途端、声を殺して笑っている。それを見ていて彩香さんもツボに入って笑っている。二人とも、お腹を抱えて笑っている。

「涼真達の会話が聞こえたんだ。美樹さんが今年は私が前で、来年は涼真が前ねって聞こえたんだよ。美樹ワールドツボに入ってしまってこらえきれなくて、クックックッ。おおー苦しい。彩香、どうすればいい？」

「分かりませんよ。私だってクックックッ。止まらないんだもん」

「お父様、お兄様、ダンスの雰囲気を壊してしまいました。すみませんでした。涼真さんが悪いんです。クイックってどんなダンスって聞いたんです。そしたら、お掃除をするように、クルクル回ってと言っていたのです。たまたま、クイックルダイパーが目に入って、名前はダンスからきたんだと思い、クルクル回るって音楽を聴きながら、踊っていたので急には後ろにステップで歩くなんてできなかったんです」

「ワハハハハ」涼真さん、ハンカチで目を拭いている。

お父様夫婦、お兄様夫婦、同じように、ハンカチを使っている。

落ち着いたので、最後の二曲続けてブルースタイムの時間になる。これは大丈夫だ。

「美樹、行こう」

「ええ、ブルースは自信あるわ」

「そうか、良かった。クックックッ」笑っている。

優しい曲が流れている。三組夫婦、お互い見つめ合いながら、踊っている。最初から、チークダンス。体の密着度が凄い。

「くっつきすぎじゃないかしら？」

「良いんだよ。愛しているから」

「そうなの……気持ちいいけど」

うっとりの二曲でした。疲れたけど、とても楽しかった。

部屋に戻った。急に足がガクガクした。

凄い運動量だ。お腹が空く。

お部屋が凄く綺麗で大はしゃぎ。広いバスルームで、二人でゆっくり入った。

夜景も綺麗で二人でワインを飲んだ。素敵な夜だった。


朝十時、ロビーでコーヒー。お父様とお話しした。

「美樹さん、初めての参加どうだったかな」

「ええ、とても楽しかったです。来年は涼真さんにちゃんと教えてもらいます」

お正月の事が気になり、

「お姉様、お正月はどうするのでしょうか」

「お正月は毎年、元旦の十二時に実家に行っておせち食べて二時頃には解散よ。お父様達は、二泊で温泉にお出かけなの」

「着物、着るのですか」

「いいえ、簡単でいいの」

「分かりました。ありがとうございます」


一月一日、お正月は涼真さんの実家でお節料理を頂いた。

凄いおせち料理だ。毎年豪華だそうだ。大好きなアワビもある！　嬉しい。お父様が黒豆を食べていた時、

「お父様、タンゴの黒豆！」

お父様、黒豆を吹き出した。皆、爆笑。お父様、笑ってお箸が持てない。涼真さんが、

「美樹、それを言うなら、丹波だよ！　アハハハハ」お母様も笑う。

「今年の初笑いね。ウフフフフ」

「そうだったかしら。すみません。間違えました。ウフフフフ」

一人だけ、キョトンとしている涼雅君。

「美樹おばちゃん、何でこんなに笑っているの？　父さんのあんなに笑う事が珍しいよ」

「タンゴと丹波を間違えちゃったからかな？」

「でも、嬉しい。父さん母さんがあんなに笑うって。ありがとう。美樹おばちゃん」

「あら、少し変だけど涼雅君に喜んでもらっちゃった」

「涼雅君、将棋が強いんだって？」

「好きだよ。美樹叔母ちゃんはどう？」

「大好きだよ。ねぇ、次の集まり会で、一局打ちますか？」

「わぁ、嬉しい！　楽しみだ。三月にね。美樹おばちゃん」

たくさん食べてお土産を貰って、二時には実家を出た。たくさんのお土産だ。

お夕飯は家でパスタを食べてテレビを見てゆったりとしたお正月休みを過ごした。

第九章　通り魔に遭遇

一月も過ぎ、二月のある日。

生きている中で、こんな事件に遭遇するとは…………。

土曜日、ランチを済ませ、

「少し、散歩をしようか」と歩いて飲み物を買う為、コンビニに入った。

「ホットカフェオレで」

「分かった」

涼真さんが会計をしている時、先にコンビニを出た。その時、男が走ってきて、近くを歩いている、おばあさんを目がけて、ナイフを振りかざそうとしている。私はとっさに、バッグでナイフを止めた！

タイミング良くバッグにナイフが刺さって止まった。私は、無意識に、すねを蹴った。ひっくり返った男が私に襲いかかろうとしたとき、涼真さんが男を止め、もみ合いになっ

ている。私はコンビニ店員に向かって、

「警察に通報して！」と叫んだ。

「はい！」

何故か直ぐに警察が来て男は確保された。

「涼真さん、ケガしてない！」

「ああ、僕は大丈夫だ。美樹は」

「ええ、大丈夫よ」

「おばあさん、大丈夫ですか？」

「ええ、ええ、あなた達のおかげで大丈夫ですよ。本当にありがとう」と言いつつ体が震えている。

私はおばあさんを抱いて落ち着くのを待っていた。コンビニの店員さんに、

「椅子を貸してください」と頼んで、おばあさんを座らせた。

少し落ち着いた。

涼真さん、警察に色々話を聞かれている。

この男、通り魔でその前に四人襲っていた。おばあさんで五人目だったらしい。

それを聞いたら足が震え出した。

おばあさんの家族が迎えに来た。

「何と言っていいか分かりません。本当にありがとうございました」お孫さんだ。

「いいえ、お気遣いなく」

「お名前をお聞かせください」

「いいえ、当たり前の事をしただけです」

「お名前だけでも」

「高山と申します」

「両親から改めて連絡いたします。今日はこれで失礼いたします。おばあちゃん、行こう」

おばあちゃんをおぶっていった。頼もしいな。

おばあさんも少し、落ち着いて、家族に連れられて帰っていった。私達も警察に話を聞かれて、名前、住所、連絡先を伝えて帰った。

家に着いたら、余計に震え出した。バッグは証拠品らしく、警察が預かるそうだ。携帯も入っている。しょうがないな。

「涼真さん、怖かった！」と抱きついた。

「美樹、凄かったなぁ。おかげでおばあさんを助けられたね」

「うん、無意識に蹴っていた」

「無意識にできた事は冷静だったんだよ」

「涼真さんが助けてくれると思っていたからだと思う」

「でも美樹、二度とこんな危ない事はしないで欲しい」本当に怖かった。

その日の夕方のニュースで通り魔事件が流れている。勇敢なご夫婦が通り魔の犯人を捕まえたと話している。

今もドキドキしている。

週明け、月曜日、

「高山課長、社長がお呼びです」

「はぁ～？　何で？」

「課長、何か悪い事をしたんじゃないですか」

「バカな事を言わないでよ」

コンコン。

「高山です。入ります」

「入って」

「失礼します」お客様がいらっしゃいました。

「お呼びでしょうか」

「聞いたよ。通り魔を撃退したんだって？」

「えっ？　何で知っているんですか？」

「こちら、松山ホールディングス社長、松山社長」

「は、初めまして。高山です」

「高山さん、先日は本当に、本当にありがとうございました」立って、深々と頭を下げている。

「えっ？　私は何かしましたか？」

「母を助けて頂きました。母が勇ましい女性で、強い男性だったと感謝していました。先程、ご主人様のヤナオリホールディングスにお礼に行きました。奥様がこちらにお勤めだと聞きましたので、どうしてもお礼と感謝を伝えたくて、アポも取らずに伺いました」

「わざわざ、恐縮です」

「それと、感謝と言っては変ですが、松山の印刷等はこちらでお願いする事に決めました」

「えっ？　本当ですか。ありがとうございます！」

「母は会社を立ち上げた時に、感謝を忘れてはいけないと話していました。高山さんのような社員がいる会社は信頼できるという事です」

お勤めも後、二週間。少し会社に恩返しができたかな。

毎週金曜日は送別会が入っている。振り返れば、苦しい事もあったが、同僚に恵まれていて、楽しい会社だった。

最後の出勤日です。朝出勤する時、切ない気持ちになった。でも、新しい生活が待っている。私は幸せだ。

「課長、おはようございます」

「おはよう」

「高山課長、おはようございます」

「はい、おはよう」

お世話になった部長へ最後の挨拶に行った。

「部長、おはようございます。最後の挨拶ですね」

「寂しいな〜。引継ぎは終わったかな?」

「はい、終わっています」

「何かあったら連絡してもいいかな」

「ええ、いつでもいいです」

社長秘書が、

「高山課長、社長室へ」

コンコン、

「高山です」

「どうぞ、入って」

「失礼します」

「高山君、今日で最後だね。二十七年間、ご苦労様でした。ありがとうございました」

と、社長が頭を下げている。驚いた。

「社長、頭を上げてください。私こそ、ここまで勤めさせて頂き感謝いたします。お世話になりました。本当にありがとうございました」危ない、涙が出そうだ。


五時半になった。

「皆さん、今日までありがとうございました。お世話になりました」

会社を後にした。切なさなのか寂しさなのか分からない感情が……。

玄関を出たら、涼真さんが車で待っていた。

「どうしたの？」

「終わるころかなと思って」

「ありがとう」ウルウルしている。

「お疲れ様会しようね」

素敵なレストランで乾杯をしてくれた。嬉しくて涙が頬を伝わる。

「寂しいね。ごめんね。でも僕と新しい生活が待っているよ。僕だけの美樹になるね。時々、仕事にやきもち焼いていたんだ」

「えぇー、そうだったの？」

「恥ずかしいけどね。アハハハハ」

「でも、嬉しい」

さぁ、四月からは新生活。引っ越しの準備だ。

三月二十五日、お兄様と兄に保証人になってもらい、入籍をした。

涼真さん、役所を出たら大きな声で、

「やったー！　美樹がようやく、僕の妻になったー！」と叫んでいる。嬉しいやら恥ずかしいやらで顔が赤くなる。

高山美樹になった。

第十章　友人のレストラン開店祝いで涼真さんが……

引っ越しも落ち着いて居心地が良い。最高！　仕事も行かないで家にいるのが少し後ろめたい感じだ。主婦業をしっかりやろう！

「今日のお夕飯、何にしようかな」電話が鳴る。涼真さんだ。

「どうしたの」

「夕方、二人で出かけたいんだけど。大丈夫？」

「ええ、大丈夫だけど」

「ごめん。忘れていたんだけど友人がレストラン開店で招待されているんだ。六時に会社の近くのカフェでね」

「分かった。嬉しいわ。後でね」と切った。

何着て行こうかな。少しおしゃれをして、五時頃家を出た。

六時、待ち合わせのカフェに着いた。

コーヒーを注文して本を読み始めた頃、涼真さんが迎えに来た。

「美樹、僕の妻は綺麗だな。さぁ、行こうか」

手を繋いで、友人の新開店レストランに着いた。凄く素敵。ワクワクだ。

「雄二、おめでとう！　綺麗だな。夢かなったな」

「涼真、ありがとう。隣の素敵な方は？」

「そうだろう。恋女房の美樹」まぁ、恥ずかしい昭和感の紹介の仕方。

「ゆっくりしていけよ」

器も凝っていて、お料理も目で楽しめて美しいコース料理だ。お肉が柔らかい！

デザートがチョコレートケーキ。とっても濃厚で美味しい。凄い、アイスクリームもついている。最高に満足。

これは、これは、何度も来たいレストランだ。

「ちょっと、化粧室へ」と席を立ってトイレへ。

出たら、男性が急に手を掴んだ。

「美樹！」

「えっ？　尚樹？」

「会いたかった！　ますます綺麗になったな」

「あら、ありがとう。どうしたの？」

「シェフが知り合いなんだ。結婚したの？」

「ええ、凄く幸せよ」

「僕は振られたのに」

「あら、ごめんなさい。ウフフフフ」席を見たら、涼真さんが見ている。怖い顔している。えっ？　怒っている？

「じゃ、夫が待っているので」と急いで席に座った。

「知り合いに会ったの」顔が怖い。

「見ていた。何で美樹の腕を掴んでいたんだ」と強い口調で、

「通り過ぎた時に気が付いたんじゃないの」しれっと言った。

「誰？」

「知り合いで……前に話した事あると思うけど、プロポーズされた人よ」恐る恐る顔を見た。

「それで何気に手を握るんだな」

「何、それ。怒っているの？」

「面白くない！　僕の美樹を勝手に触るのが。挨拶すれば良かったかな」

「バカね～。昔の話でしょう。やきもち焼いている？」

「帰るよ！　家に帰りたい」

「急に！　お友達に挨拶は？」

「いい！　明日、電話入れるから。早く！」

凄くご機嫌が悪い。手を繋いでいるけど小走りしないと追いつかないぐらい歩くのが早い。タクシーに乗っても一言も話さない。

おかしいけど嫌な思いさせたかな。


マンションに着いた。手を離さない。痛い。

「一緒にお風呂に入る！　準備して！」

「分かった」

いつものように先に入って、化粧を落としシャンプーをして、体を洗っている時に入ってきた。

「早いわね」と、思っていたら、洗っているタオルを取って、私の体を洗い始めた。

「へ、どうしたの？」

何も言わない。特に右手を強く、何回も洗っている。

「痛いよ！」と言っても、洗っている。さっき、尚樹さんに掴まれたところだ。本当に嫌だったんだ。

全身、隅々洗っている。シャワーを頭からかけている。

「もう、落ちているな」と独り言。今度は、激しく抱きしめて、キスをし愛撫している。

「涼真さん、どうしたの」

激しく、後ろから愛された。そしたら、

「乱暴に愛してごめんね」優しく抱きしめている。

「いいの。嬉しいわ。こんなに愛されているのね」

「ああ〜、食べたいぐらい愛しているよ。僕の知らない美樹を知っているだけでも嫌なんだ。ましてや、元カレと知ったら、取られそうで怖かったんだ」

「もう、あなた以外は愛せないよ。分かるでしょう？」

二人で、バスタブにゆっくり浸かった。

「でも、二度とあのレストランに美樹は連れて行かないよ」

「ええ、そうしましょうね」

髪を乾かし、バスローブで、リビングに行くと、ワインを飲んでいる。珍しい。

「ワインを飲んでいるの。珍しいね」

「君も飲むかい？」

「ええ、頂くわ」と隣に座ってと指さしている。

そしたら、口移しで……。

「旨いかい？」

「ええ、もっと！」もう一度。

手を引かれ、寝室へ。体力が……凄い。

今度は、優しく愛おしく抱いてくれた。幸せ。明日は休み。


朝、七時頃起きてきた。

「いっぱい寝たね。ご飯できていますよ」と白湯を飲ませた。

私はパジャマでいるのが嫌なので、必ず、着替えさせる。

「はい、万歳して」と着替えさせる。

「甘やかして、甘やかして僕なしでは生きられないようにするはずが、逆だな。奥さん」

抱きついている。嬉しい。

食事を済ませて、新聞タイム。最大一時間をかけて読む。片付けを済ませて隣でコーヒーを飲んだ。

「何故か腰が痛いな～」

「あら、どうしてかしら。私もよ。ウフフフフ。横になって腰をマッサージしてあげる」

ラグにうつ伏せに寝かせてマッサージをした。

「うう……気持ちいいな～」しばらくしたら、

「あら、間違えた」と言って脇をくすぐった。涼真さんは脇が苦手。もう一度。

「美樹、意地悪しているね～」

「違うし」と、ひっくり返されて抱きしめられた。

「ああ～、美樹、幸せだね」ふわふわした休日。


三月下旬、涼真さんの実家で、お夕飯の招待。

正月に涼雅君と約束した将棋の対局だ。久しぶりだけど、しっかりネットでおさらいをした。

少し自信がある。友人女子ではナンバーワンだ！

頑張るぞう。

「ただいま」涼真さんが挨拶する。

「美樹おばちゃん、待っていたよ！」と、お迎えだ。

「早く、早く！」と、その日の為に、必勝ハチマキを作ってきた。

「美樹おばちゃん、カッコイイ。強そうだよ」お兄様が笑っている。そして、つられてお姉様も笑っている。

「よ～し、一局行きますか！」と、将棋盤に駒の用意はできていた。打ち始めた……何故か三十分で負けた。

「えっ？　涼雅君、強い！」少し待って、本を出し予習。涼雅君、笑っている。

二局目、またまた、三十分で負けた。

「う～ん、涼雅君、おばちゃんの打ち方が悪いの？」

「美樹おばちゃんは飛車と角の使い方を勉強した方がいいよ」

「う～ん、飛車か～。じゃあさーこんな時は？」教えてもらう。お父様、お母様は見ていて楽しそう。

三局目、一時間で撃沈。

「美樹おばちゃん、涼真おじちゃんに教えてもらったら？」

「はぁ～？　涼真さん、将棋できるの？」

「家族で一番強いよ」

「そうなの。嫌だ～、何にも言わないし」

「美樹が聞かないからさ。アハハハハ」

「涼雅君、次回お楽しみにね」

「うん、期待しないで待っているよ。次、おじいちゃん」ズッコケ。

「よ～し、強くなって、帰ってくるぞう」お兄さん夫婦がツボにハマって笑っている。

お父様は意外と強い。私も頑張らなくては。

楽しいお夕飯を頂いて、お姉様手作りのパイをご馳走になった。美味しかった。帰りはパイのお土産をゲットした。


「ねぇ、将棋強いんだ。教えてね」

「見返りは？」

「はぁ～？　何それ」

「教えたら、何くれるの」よく考えて、

「う～ん、昼間にエッチする」

「アハハハハ、何だよ、それ」

「だって、見返りなんて私何もないから体で返すしかないんだもの」

「いいね！　凄くいい見返りだ。約束だよ。ワハハハハ」

変な夫婦の会話だ。

第十一章　親友のお祝いと長期出張

【涼真編】


圭司の小説が映画化されるそうだ。それも、ハリウッド映画だ。凄い。

出版社がお祝いするそうだ。夫婦で招待された。アメリカから何人か出演者も来るそうだ。

ハリウッドスターと会えるなんて凄い。美樹も喜んでいて楽しみだ。

圭司は特定の恋人は作らない。いつも美人が側にいる。紹介される度に違う女性だ。

イケメンだし金はあるし性格もいいし揃っているからな。

大学時代、恋人に酷い裏切りに遭い女性は信じられないんだそうだ。

パーティー会場へ。美樹、ドレス姿が美しい。グレーのドレスだが肌の白さが引き立つ、我が妻ながら美しい。

早速、美樹はハリウッドスターに声をかけられている。

「ビューティフル！　結婚しているんですか？」

「ええ、今日は主人と出席しています」外人って、積極的だ。僕が側にいるのに、

「残念だ」とアホか、僕の物だよ！　一人にしてはいけないな。

圭司が来た。

「おめでとう。凄いな、映画化って。忙しいのに、余計に大変だな」

「そんな事無いよ。美樹さん、久しぶりだね」

「ええ、お久しぶりです。おめでとうございます」

「ありがとう。ゆっくりしていってね。美味しいデザートもたくさんあるよ」と続けて、

「綺麗だね。涼真、気を付けろよ。外人は気に入ったら誘うぞ」

「僕もいるのに、アプローチをするんだよ」と、ふて腐れて言った。

凄い、映画でマスコミにも取り上げられて話題作になりそうだ。圭司はますます忙しくなりそうだ。

体調崩すなよ。

何と今度は、美樹がトイレに立った時、

「すみません、あなたは一人ですか？　私と話せますか」と、妖艶な女性が！

「つ、妻と一緒に来ています」

「オオー、残念です」と、冷や汗。凄いな。早く帰ろう。美樹はハリウッドスターにも劣らないくらい綺麗だから、僕の前でナンパもされるし、一応僕もナンパされたし少し嬉しい。


来年、完成予定だそうだ。楽しみだ。


圭司は新しい小説が締め切りに近いらしく、早く帰りたいそうだ。

見ていたら、たくさんの女性に声をかけられている。うらやま……いや、凄いな。僕は美樹だけでいいんだ。圭司、今日は帰れないだろうな。寝れないだろうな。

それからしばらくして、新しい小説が発売になって凄く売れているらしい。売れっ子作家だ。


ファン一号の僕は買って読んだ。素晴らしい作品だ。さすがだ。

六月中旬頃、涼真さん長期出張が決まりため息をついている。

「二か月間だよ。一人で暮らせないよ〜。どうすればいい、美樹」

「どこに？」

「名古屋支店に。体制開拓と新規事業の教育で僕と部長と係長と三人だ。仕事は大丈夫だけど、君のいない家がダメだ」

「嫌ね〜。大丈夫よ。私は週三日、名古屋に行けばいいんじゃないの」

「毎日は？」

「お家はどうするのよ」

「じゃ、四日は」

「ええ、そのようにしましょうね」

「オーケー、それなら会社に返事しよう」

「はぁ？　返事まだしてなかったの？」

「そうだよ。会社には一人で生活ができるか心配と伝えたんだ」

「子供のようね。ウフフフ」

「そうだ。君がいないと生きられないよ」

来週から、涼真さんは二か月間、名古屋へ出張だ。

結構、荷物が多いので送る事にした。マンスリーマンションで生活するようだ。

月曜日、移動日で会社から同僚と出発。私は午後二時頃、マンションに着いた。

荷物も届いていた。涼真さんは片付けをしていた。

「美樹、待っていたよ」と、抱きついてきた。

キッチンを見たら、会社側が準備したのか、ある程度生活ができる。

「今日は外で食べよう。味噌カツが美味しいらしいよ」

「ええ、楽しみ」

涼真さんと近くを散策した。スーパーマーケットが少し遠い。クリーニング店は近い。

食事処は何件かある。一安心。

明日から新規事業の教育が始まるようだ。片付いたら涼真さん、資料に目を通している。その間に一人で、スーパーマーケットに買い出しに行こう。明日の朝ごはんと一人の時の朝ごはんを考えてみよう。

シャンプー類、洗剤、トイレットペーパー、キッチンペーパー等の買い出し。これだけ揃えば、生活できるね。

夕方、歩いて近くのお食事処に行き味噌カツ定食を食べた。

「おおー、美樹、旨いな」

「ええ、凄く美味しいね」

ゆっくり食べて七時に戻って、明日の準備をした。

さぁ、名古屋支店へ初出勤だ。

「美樹、あれ」

「何？」

「おっぱいの神様だよ」

「ああ、分かった」と、何とあの姿。涼真さん、胸を触りながらブツブツ言っている。

「よし！　行ってくる。今日はいるよね」

「ええ、いますよ。気を付けて行ってらっしゃい」徒歩で五分らしい。

七時頃、帰ってきた。くたくたのようだ。新規教育は大変だよね。

「お疲れ様。お風呂先に入りますか」

「ああ、そうしよう」

涼真さんが大好きな肉じゃが、魚の煮付け。ビールを飲みながら、

「あ〜、生き返る〜」

食事も済ませて落ち着いたら、仕事を始めた。静かに片付けをした。明日の準備をしながらこんなに忙しいのに一人で大丈夫なのかな。

帰るのは水曜日にしよう。翌朝、

「美樹、今日帰るんだよね」と、寂しそう。

「明日、帰る事にしましたよ」

「そうか！　帰ったらいるんだね。行ってきます」と、子供の様に出かけた。

夜は、しばらく会えないと思ったのか激しく愛している。

「涼真さん、土曜日にはここに来るのよ。直ぐだよ」

「何言っている！　三日も会えないいんだよ」と、可愛い。

水曜日の朝、

「土曜日は何時に来る？」

「午前中には着くと思う」

「分かった。待っているよ。今日夜電話をするよ。行ってきます」少し寂しそう。

これの繰り返しで、早一か月が過ぎ仕事も順調で予定道り、七月末で終われそうだ。

七月に入ると帰りも遅くなり、朝も早く出勤している。

報告書や新規事業の教育の最終テストなどで、てんてこ舞いしている。

ようやく、最後の週だ。電話で、

「美樹、月曜日が最終日だ！　終わる。良かった。土曜日来るだろう？」

「いつものように行きますね。荷物の片付けがありますね。段ボールは置いてある？」

「あるよ。金曜日は打ち上げがあるから遅くなると思うから電話はできないかもしれないな」

「いいよ、無理しないで。土曜日はいつものように行くね」

「ああ、待っている。愛しているよ」

「ええ、私も」

金曜日、打ち上げだね。安心した。意外と名古屋は近かったな。凄く綺麗だし住みやすそうな所だった。

【涼真編】

ようやく、最終日の日だ。疲れた。打ち上げも早めに帰ろう。明日は美樹が来る。嬉しい。

夕方五時、

「本部長、お疲れ様でした。本当にありがとうございました。来季はワクワクするぐらい楽しみです」

「そうか、良かった。期待しているよ。アハハハハ」

打ち上げ会場へ向かった。

三十名も参加している。支社長が、

「本部長、お疲れ様でした。嬉しいです。来月、本社に行くのが楽しみです」

「はい、待っています」と、和やかに会が始まった。

「本部長、ありがとうございました。どうぞ」と、酒を勧める。疲れていたせいか酔ってきた。少し気分も悪い。何杯飲んだか分からない。

「悪いが先に失礼するよ。ウィッ」ふらついているのが分かった。課長が、

「珍しいですね。大丈夫ですか？」

「疲れているのか酔ってしまった。先に失礼するよ」と、一人で歩けない。

「私も寮に帰りますので、タクシーで送りますよ」

「悪いね。お願いするね」と、タクシーで帰った。それから、余り覚えてない。

マンションに着いて、服を脱いで、ベッドに寝た……までは。


朝、凄い音でドアが開いた。

「美樹、き……た……ん？」あっ、頭が痛い。美樹は仁王立ちして鬼の形相と言うか、怖い顔をしている。どうしたんだろう。

「この状況を説明して！」と、
大きな声で……何だろう。

横を見たら、若い女性が寝ている。

「何！　誰！」……誰だろう。

「き、君、起きて！　何しているんだ！」目を覚ました。

「あっ！　す、す、すみません！　本部長を送って、いつの間にか寝ていまいました。もちろん、何もありません！　寒くて、ベッドに入りました。本当です」美樹が、

「この状況を見て、はい、そうですかと思いますか？　バカにしないで！　帰る！」

「美樹、本当に何もないんだ！　僕は美樹だけだ。分かるだろう。信じて欲しい！」聞かない。怒っている。

持ってきた荷物を冷蔵庫にしまって、僕が腕を掴むと、見もしないで、

「触らないで、気持ち悪い！」と僕を振り切って出て行った。ショックだ。気持ち悪いと言われた。どうしよう……。

「君、悪いけど帰って欲しい。送ってくれたのは感謝する。でも、どうしてベッドに寝ているのかは理解できない。妻に弁解が出来ない状況だ。君に何もしていないはずだ。妻以外には勃起しないんだ。軽率だよ！」

「本当に、す、すみませんでした」彼女は帰っていった。

僕はシャワーに入り髪もセットせず帽子をかぶり急いで家に向かった。許してくれるだろうか。家に帰っているだろうか。不安でたまらない。あの状況を見て信じてと言っても信じられないだろうな。俺は何をしているんだ！　最後の日に。離婚しようと言われたら……美樹、美樹、ごめんな。

心臓の音がうるさい。静まれ！　どんな事があっても、美樹の手を離さない！　ああ～、どうすればいい？　焦る。

新幹線が遅く感じる。イライラする。

家に着いた。美樹はいるだろうか。

こわごわ玄関を開けた。美樹はスーツケースに荷物を詰めている。何をしているんだ！


【美樹編】


今日は、涼真さんのマンションに三十分早く着きそうだ。喜ぶかな。ウフフフフ。

荷物が多くて大変だけど食事を抜くから、しっかり食べさせなくては。

ふぅ〜、やっと着いた。玄関を開けた。

えっ？　何？　女性の靴が……何？　ゆっくり上がった。寝室を開けた。

涼真さんと若い女性がベッドで寝ている。血の気が引くのが分かった。来るべき事が来た！

でも、何か変だ。五十代の冷静さが出る。

涼真さんのスーツは脱ぎ散らかしているし肌着を着ている。女性はスーツをたたんで、ストッキングもたたんでいる。ブラウスも着ている。几帳面な女性だ。

そうじゃないでしょう！　何が起こっているの？　現実なの？　二度見た。許せない！

私と愛し合うベッドに若い女性が寝ているなんて。酷い！　涼真さん、バカじゃないの！

頭にきて、ドアを凄い力で叩いた。

ドン！

「涼真さん、この状況を説明して！」と、大きな声で起こした。涼真さんは、「何？」みたいな……ベッドの横を見て驚いている。私は自分でも分かるぐらい凄い顔をしているだろう。

冷静に作り置きのおかずを冷蔵庫に入れて、涼真さんが止めるのを振り払ってマンションを出た。

新幹線の時刻表を見る余裕などなく駅に向かった。運良く二十分後の出発便に乗った。

座席に座って悔しくて、悲しくて、振り切ってきて良かったのか後悔もした。言い訳も聞くべきだったのかな。

今日中に家に帰ってこなかったら……離婚もあるかもしれない。どうしよう！　仕事を辞めるべきではなかったのか後悔。一人でも生きていけたのに……。

車内販売のビールを買って飲みほした。目を閉じると先程の寝室のシーンが蘇る。嫌だ！　気持ち悪い。

今までの生活が走馬灯のように回る。運命のような出会い、たくさん愛してくれた事。年上の負い目はいつもあったけど実家へ行くと癒されていた。素敵な家族だった。

三時頃着いた。取り合えず出て行く準備はしておこう。スーツケースに荷物を詰めながらわびしい気持ちっていうのか、切ない気持ちっていうのか胸がちくちく痛む。表現が難しいな。ゆっくり荷物を詰めていたら玄関が開いた。

涼真さん、帰ってきた。

「美樹、何をしている！」

「分かるでしょう。出ていく準備しているのよ。私に、飽きたんでしょう」

「待ってくれ！　聞いて欲しい。頼む」手を止めた。

「どんな言い訳をするの？」目が真っ赤だったのもあるし涼真さんを見ない。

「本当に僕は何もしていない。何で女性がベッドで寝ているのかも分からない。やましい事は無い！」

「あの状況を見て、私は信じると思うの！」

「記憶が無いんだ。彼女に聞いたら寒かったからベッドに寝たとしか言わない。彼女にはっきりと言った。君とは何もないはずだ。妻にしか、勃起しないと」笑いそうになる。必死で話している。

「私はどうすればいいのよ。あの状況を見て、恐れていた事がついに来たと思ったんだよ。やっぱり若い女性がいいんだと、諦めなくてはと思った。悔しいけど納得しないといけないと」声が詰まる。

「違う、違うんだ。美樹しかいらないんだ。他の女性なんか欲しくない。君だけだ。本当だ！」優しく抱いてくれた。

「ごめん、ごめんよ。誤解するような事をしてしまって。後悔している。愛しているんだ。愛しているんだよ」声を出して泣いた。

「すまない。こんな辛い悲しい思いをさせて」

強く抱きしめられた。私も抱き返した。あ〜っ、怖かった。許していいんだろうか……不安は残る。

しばらく抱き合っていた。涼真さん、スッと立ってスーツケースの荷物を出している。

「美樹、早く、片付けて。見たくないから」荷物をひっくり返して私の元に来て長いキスをしている。嬉しい。ホッとした。

「二度と悲しい思いをさせないからな。離れないで！　怖かった。家に入るまで、帰ってきているか心配だった。ああ、ごめんよ」良かった。

荷物を片付けたら、いつの間にか夕方。

「夕飯はラーメンでも食べに行こうか」

「ええ、良かった。体も心もくたくただし、作る元気ないの」嫌味を言った。少し意地悪かな。手を繋いで出かけた。


ラーメン屋がいっぱいで中華屋さんへ。たくさん注文した。

「明日は一人でお片付けしてね。罰です」

「……そうだよね。せっかく来てくれたのに、嫌な思いをさせて。分かった。一人で頑張るよ」

「そうだよ。あのベッドで寝たくないの。嫌なの」

「分かっているよ。月曜日は午前中に荷物の送り出しで、午後から、支社に挨拶して本社に戻る。いつもの時間に帰れると思う」

「ええ、待っているね。ウフフフフ」沢山食べた。

夜は早めにベッドに入り、優しく、しつこく愛された。耳元で、

「早く、月曜日の夕方になれ～」と囁いている。離れるのはもう嫌だな。

日曜日は、涼真さん、いやいや十時頃に家を出た。頑張れ。罰だ。

気になる、気になる。アパートに着いた頃、あれとあれは段ボールへ、あれとこれはスーツケースへと電話で指示した。

「ああ、分かった。洗濯物は、スーツケースだな。了解！」と、頑張っている。夕方、電話で報告。

「片付いたよ。終わった！　疲れた〜。冷蔵庫は何が入っているかな？」と、お夕飯のおかずを置いてあった。

「美樹、ありがとう。大好きなおかずがある。外食しないで済んだ！　ご飯もチンすればいいんだな。寝るのが寂しいけど、明日夕方には帰るね。おやすみ。愛している」

月曜日の夕方、無事帰って来た。明日は、代休でお休みだけど、午後から、出社するらしい。

穏やかな毎日が楽しい音のように過ぎた。

第十二章　悲しい、辛い出来事

「美樹、来月さ、高校三年のクラス会があるんだ。超楽しかったんだよ。五人グループで、どこ行くにもワイワイガヤガヤと楽しかった。

マイペースで人の話も聞かない圭司は寡黙で本ばかり読んでいた。出版パーティーで会っただろう。小説家で今でもずっと一緒だ。超ガキみたいな伸二はムードメーカーで営業マンだ。オタクの秀樹は勉強嫌いだけど何故か医者になっている。穏やかで一番大人の祐二は実家の家業を継いでいるらしい。皆に会うのが楽しみだ。四人から連絡があったんだ。必ず参加だと」嬉しそう。良かったね。

仕事は相変わらず、超忙しく、体調管理に気を付けている。

毎日家に着いたら、ふぅ〜、と力を抜いている。お疲れ様。

クラス会当日五時半頃、出かけた。

「今日は、二次会も参加すると思うから、遅くなると思う。先、寝ていて」

「ええ、分かった。楽しんできてね。いってらっしゃい」送り出した。ウキウキしている。仕事もハードだったから、気分転換になって良かった。


【涼真編】


六時前に、会場に着いた。受付をして、会場へ入ったら、四人は来ていた。

「おおー、皆元気だったか！」

「久しぶり！」と、話が止まらない。会が始まっても司会の話に耳も貸さずにおしゃべり大会だ。

周りを見渡すと山田果歩がいた。三年の時、二度も振られた。相変わらず綺麗だ。関係ないけど……。

会の中盤、山田果歩が来た。

「涼真君、久しぶりね。元気だった？」

「ああ〜、果歩は、変わらずに綺麗だな〜」

「まぁ～、上手ね。嬉しいわ」

「今は専業主婦かな」と、聞くと圭司が、腕をコヅいた。

「圭司君、いいの。去年離婚して独り身です」

「子供は？」

「主人が、残念だけど連れて行ったの」

「悪い事を聞いたな。すまない」

「いいの、いいのよ。一人で楽しんでいる。ウフフフフ」と、話に入ってきて楽しくおしゃべり。司会が、

「そろそろ、一次会の終了時間です。二次会は十六階のラウンジです。参加可能の方は移動してください」

五人参加、ラウンジに移動した。先生以外は全員参加だ。久しぶりに果歩と話して楽しい。余計素敵になっている。

ラウンジでまたまたおしゃべり大会。話が湧いて出てくる。

トイレに立って出たら、果歩がいた。

「どうした？」

「ねぇ、二次会終わったら、少し時間をもらえない？　相談があるの」

「……いいけど。二人で？」

「ええ。いいかな」

「二人はまずいんじゃない」

「何で？」

「僕は結婚しているからな」

「相談だけだよ。奥さん怖いの？」

「そ、そんな事はないけど……」

「終わったら地下にバーがあるの。そこでね」

「……ああ、分かった」

何か美樹に後ろめたい気持ちだ。

同級生だし相談に乗るだけだしな。いいか！　少し嬉しい。

閉会になり、四人は圭司の知り合いのバーに三次会に行った。圭司に事情を話して、僕も後から行くからと別れた。

地下のバーに行くと果歩がいた。少しドキドキしている。綺麗だ。少し酔いが回っている。

「待った？　ごめんね。悪仲間は三次会に行った。楽しかったな。久々に高校生の気分に戻れて」

「ええ、楽しかったわね。女子もほとんど参加していたのよ」

「そうか、五年ごとにクラス会を開くそうだ。楽しみだ。アハハハハ。ところで果歩、相談って何？」

「離婚をして、仕事も決まって嬉しいんだけど、社長がしつこく迫ってくるの。寂しいだろうとか、僕も独身だよ、とか気持ち悪いの」

「はぁ〜ん、果歩は綺麗だからな。はっきり彼氏がいると言えば」と、僕は、訳の分からないアドバイス。少し腹立たしい。果歩が、

「涼真君、私の彼氏になってくれない？」

「いやいや、僕は妻がいる」

「今日だけ。お願い」

「ダメでしょう」と、急に目が回った。

嬉しいのといけないのとグルグル回る。果歩に手を引かれ、エレベーターへ。どこに行くんだ。ふらふらしている。ホテルの部屋へ入った。果歩が僕の服を脱がしている。

「止めてくれ！」

でも、心では美樹に分からなければいいかなと思っている。でも、僕は美樹以外には勃

起しないはず……だけど、

ムラムラする。あれ、勃ちそうだ！　変だな。憧れの果歩だから？

ベッドに倒された。果歩も服を脱いで裸で抱きついてきた。驚いたけど、抱いていいんだと思った。無我夢中で抱いた。キスをし胸を吸い、愛撫をしたが……違う！　美樹と違う。どうしよう。今更、止められない。酔いが醒めた。身体の相性は良くない。萎えそうだ。入れる前に萎えた。やっぱり！　美樹以外とはできない！

「ごめん！　君を抱けない！　妻にしか、感じない！　妻は運命の女性なんだ！」

「いいえ、もう一度、抱いてみて！」と言って、僕の手を胸に持っていった。違う、違う、美樹と違う！

「悪いが止めよう！　僕は何をしているんだ。悪いが帰る！」焦った。着替えて部屋を出た。これは、間違いなく浮気だ。

前回の件がある。二度と悲しい思いはさせないと誓ったはずだ。言い訳ができない。美樹の顔が見れない！　どうすれば……いい？　怖い！

タクシーで家に向かった。午前一時になっている。

【美樹編】

涼真さん、楽しんでいるのね。珍しく、午前様。仕事もハードだったから尚更、楽しいだろうね。良かった。

先にベッドに入った。明日はお休みだし朝もゆっくりだね。おやすみなさい。

一時頃、寝室のドアの音、ゆっくり着替えている。ベッドに入ってきっと、『美樹、会いたかったよう〜』と言って胸を触ってくるだろうな、甘えんぼさん。

……あれ、直ぐ寝ているな。よっぽど、疲れたのね。

朝十時頃、起きてきた。

「二日酔いだ。気分悪いから食事もいらない。もうしばらく寝るよ」と寝室へ。珍しいな〜。

十二時になっても、寝室から出てこない。酷い二日酔いなのかな。今日はゆっくり寝かせた方がいいね。

……三時になっても、出てこない。お腹も空いていると思うけどなと、そっと、寝室を覗いた。目を開けて、天井を見ている。どうしたんだろう。

「涼真さん、大丈夫？」

「ああ、大丈夫だ。お腹空いた」

「ええ、お粥もありますよ」良かった。食事をして又、寝室に行った。ん、何か変だな。

私の目も見ないし、

「何か、あった？」

「えっ！　どうして」

「何か、変よ。私も見ないし」やはり、おかしい。

「嘘をついたら、嫌だ。言いたい事があれば話して。正直に！」

クラス会で何かあったんだ。聞くのが怖い。


【涼真編】


翌朝、二日酔いと嘘を言って寝室から出られない。考えが思い浮かばない。三時頃美樹が、

「大丈夫」と心配してくる。

「ああ、大丈夫だよ。お腹空いた」本当は、怖くて心配しすぎて空腹を感じない。どうすればいいのか分からない。美樹は何かを感じている。正直に話した方がいいのか、嘘をつき通す方がいいのか、考えても頭がパニックに陥る。オオー、怖い！　ドキドキしながらお粥を食べた。美樹が、

「どうしたの。何か変よ。私の顔も見ないし何かあった？」ドキッとした。動揺してる。美樹は何か気付いている。

「嘘や隠し事は嫌だよ。言いたい事があったら正直に話して！」

どうすればいい？　……勇気を出そう。

「実は昨日、浮気をした！　憧れていた女性と。酔ってもいたし誘われて、自分でもびっくりした。美樹以外には勃起しないが、何故か彼女に勃起しそうになったんだ。驚いた。……でも、気が付いた！　違うと、最後まではしていない。挿入する前に萎えた。本当だ！」

「…………」

何も言わない。ただ、黙って下を向いている。

「美樹にばれたら怖いと思ったんだ！　でも嘘をついては暮らせないと思った。正直に話した方がいいと思った」

何を言っているのか、パニクっている。それでも美樹はただうつむいている。

美樹は大きく、ため息をついた。

「ふぅ～、やはり無理だよ。別れましょう」バカな事を言っている。

「嫌だ！　本当に悪いと思っている！　別れたくない」

「止めて！　前回もそうだったけど何時か起きると心のどこかで怯えていた。あなたは正直だから、嘘はつけないから言ってくれてありがとう」

美樹は何を言っている？　頭が真っ白になった。部屋を出て行った。

「美樹、すまない！　二度としない。お願いだ。別れたくない」

「もう、あなたの側にいたくない！　二度と私に触らないで。愛せない。好きな女性と付き合えばいい。私を気にしないで！」

「何を言っている。違うんだ。美樹じゃないとダメなんだ」

「おかしいよ。浮気をしたんでしょう。止めて！　信じられないから」泣いている。

わぁぁぁぁー、どうすればいい！

夕方、部屋が暗くなっても美樹は電気も点けないでソファーに座っている。

電気を点けたら、嗚咽で泣いている。

「美樹……」

「話しかけないで！」

びっくりした。急に立って、シャワーを浴びに行った。泣き声が聞こえた。こんなに辛い思いをさせた。

長いシャワーから出て来て、

「来週には、家を出て行く。アパートを探して離婚届をもらってくる。あなたもそのつもりで」

「嫌だ！　書かないからな！」

「あなたが招いた事よ。自分勝手だよ。責任を持って！　二度と辛い思いをさせないと誓ったはずよ」続けて、

「あなたに抱かれたくない！　その女性を抱いた手で触られたくない！　汚い！　酷い人ね！」

「待って、よく話し合おう！」

「何を話し合うの。許して欲しいって事？　バカな事を言わないで！　一生忘れられないよ。それぐらい、傷ついたんだよ。夫婦でやってはいけない事だよ。その女性を抱きたいと思ったんでしょう。別れたら遠慮なく抱いたらいいよ！」

「抱きたいと思わないよ！　別れたくない」

「昨日は抱きたいと思ったんでしょう」

「……酔っていたんだ。言い訳だけど」

「止めましょう。これからの事を話しましょう。私は出て行くので明日からアパートを探す。元には戻らない！」

「僕は、美樹がいないと生きていけない！」

「フン、冗談でしょう。そう思う人が簡単に浮気はできない！　私より彼女を選んだって事よ」

「違う！」

「何が違うの！　堂々巡りだよ。止めよう」僕を見ない。ああ、どうしよう。


それからの毎日は地獄だった。

朝も見送ってくれないし、夜は夕飯を作ってくれるが一緒には食べてくれない。美樹はソファーで寝ている。抱きしめたい。可愛そうだ。

本当にもうダメなのか。別れたくない。今更だけど酷く傷つけたんだと感じた。心が痛い！

二日後、果歩から電話がきた。

「涼真君、この間はごめんなさい。奥様は大丈夫だった？」

僕は答えなかった。

「また会いたい。会って欲しい」

「僕は人生の中で一番後悔している。二度と電話をしないで欲しい！」

「どうして？　奥様に迷惑をかけないから！」

「止めてくれ！　一番大切な人を傷つけた。本当に後悔している。君に会ったのも！」

「ケンカしたの？　バレたの？」

「話もしたくない。電話もしないでくれ！　僕は最低な男だ」

「待って。……私とやり直して欲しい」

「バカな事を言うな！　君を愛していない！　もう会いたくない。もう二度と、二度と電話をしないでくれ！　君の電話を拒否する」

本当に僕はバカな男だ。最低だ。悔やんでも、悔やんでも、悔やみきれない！　美樹が離れていく。

僕を置いて出ていくのか。信じられない。現実なのか！

一週間後、アパートが決まったと報告してきた。そして……離婚届を出してきた。美樹は書いてある。絶望的だ！

「あなたが書いて、提出してね」冷たい視線。もうダメなんだ。

「もう、離婚しかないのか。考えは変わらないんだ」

「ええ、同じ事が起きると思う。耐えられないから別れましょう」

「絶対に二度は無い。信じて欲しい」

「いいえ、別れましょう。前に私の元カレが腕を掴まえた時あなたはどうした？　嫌で手が痛い程洗っていたでしょう。私も同じだよ！　私と違うのはあなたは浮気をしたの。許せないの！」

「……預かっておく」

「来週、火曜日に引っ越しします。あなたも今後の生活を考えてね。一人ではできないと思うよ。好きな彼女と再婚を考えてね。私も安心だし……」

「僕が再婚しても君はいいのか」

「ええ、一人では生活できないでしょう。彼女は独身でしょう。考えてみたら」

嫌味を言っている。

荷物を詰めて、準備ができたようだ。僕は何もできない。悔しい。荷物をばらばらに崩したい。こんなに後悔している。

長いような、短いような一週間が終わった。


月曜日、夕食も済ませ、コーヒーを淹れてくれた。ソファーに手招きして呼んだ。

「美樹、ここに座ってくれ」しぶしぶ座っている。

「明日の準備は終わったのか？　何も手伝えなくてごめんよ。これは君の口座だ。結婚してから、積み立てていた。引っ越しでお金が必要だろう。使って欲しい。それとしばらく月々四十万を振り込んでおくのでしばらくは仕事を探さなくてもいいように。無理しないで。仕事はしなくてもいいよ」

美樹は泣いている。胸が苦しい。あの日から、愛している美樹の泣き顔ばかり見ているような気がするしやつれている。

「ありがとうございます。預金はあるけど助かる。でも、落ち着いたら仕事は探すつもり。生活できそうになったら連絡するね」

仕事なんかするな！　他の男に取られそうだ。探すな。必ず迎えに行くから待っていて欲しい。何の根拠もないのに……。

今日寝たら明日になる……寝たくない。明日が来なければいいのに。ベッドに入るが眠れない。

　火曜日の朝は出勤する時、玄関に見送りに来た。

「最後だね。いってらっしゃい。今までありがとう。とても幸せだった。今日出て行きます。身体に気を付けてね」と、いつもの美樹スマイル。

「本当に出て行くんだね。僕も幸せだった。さようなら」言葉が見つからない。寂しさで涙が出そうだ。僕の裏切りから起こった事だ。

　ああ〜、ドアを閉めたら終わりだ！

　ガッチャン。

　閉まった。過呼吸になりそうなくらい、呼吸が上手くできない。もう一度、美樹を見たい。その場から動けない。

　五分後、ドアを開けた。美樹がうずくまって声を上げて泣いている。

「美樹！」と、背中を抱いた。

「触らないで！　涼真さんを忘れるの。だから……触らないで」と泣いている。ああああ〜、こんなに愛し合っているのに別れるのか。辛い悲しい。切ない！　言葉では表せない。僕は世界一バカな男だ。美樹を悲しませている。今更だけど……浮気って酷い裏切りだ。

「大丈夫よ。お仕事に行って」と突き放された。本当にこれでお別れか。

「分かった。行ってくるよ」と、涙が頬を伝わる。さようなら……。

今日帰ったら、美樹はいないんだ。耐えられるかな。一人で……。

何をやっているんだ！　バカな涼真！　こんなに美樹を傷つけて。

第十三章　美樹の覚悟

【美樹編】


現実を受け入れたくない……涼真さんが同級生と浮気をしたって言っている。遠くで聞こえる。

下を向くしか浮かばない。どうすればいいのか分からない。嫉妬で狂いそうだ。やっぱり起こったんだ。ずっと心配していた。

涼真さんがモテない筈はない。心のどこかで覚悟はできていた……と思う。こんなに愛してしまって……辛い。

別れよう。こんな辛い思いするのは嫌だ。

涼真さんが色々、言い訳を言っている。耳に入ってこない。こんなに愛しているのに崩れていくのを感じている。ああ～、辛い。

話した内容は、よく覚えてない。来週、アパートを探すとは言った。元には戻らない。戻れない。

こんなに胸が心が痛い！　どうすればいい。忘れられるのか！　こんなにこんなに愛しているのに。

でも、許せない。自分でも訳が分からない。身も心も涼真さんでいっぱいだ。どうすれば、忘れられるんだろうか。

でも、前を見て生きていかなくてはいけない。止まってはいけない。残りの人生、寂しく生きるのか。ああ～、余りにも幸せだったので怖い。いいや！　まだ五十一歳だ。何でもできる。男がいなくても大丈夫。結婚なんて嫌だ。切り替えよう。

昨日から何をしているのか分からないのに、時間は過ぎる。引っ越しの準備をしなくては。スーツケースに荷物を詰めては、涙がこぼれる。買って貰ったブラウス。買って貰った下着。買ってもらっ……思い出ばかり甦る。ううう、辛い。別れたくない。こんなに愛しているのに……どうして……浮気ってこんなにも心を傷つける。

アパートも決まった。一ＬＤＫで十分だ。家賃が八万円。少し高いがセキュリティ対策が良かった。

毎日、ぼーっとしていてあっと言う間に月曜日の夕方。最後のお夕飯を作った。心をこめて作った。

涼真さん、

「美樹、ここに座って」と、呼んでいる。いやいや、座った。近づくのが怖い。涼真さんの匂いを感じたくない。

「引っ越しの準備を手伝えなくてすまない。これは結婚してから、君の為に積み立てていたんだ。引っ越しで必要だろう。使って欲しい。これ位しかできない。仕事はしなくてもいいように毎月四十万を振り込むからこれで生活をして欲しい。無理に仕事はしないで」

涼真さんの優しさが心に染み込む。ううううう、自然と涙になる。こんな彼が裏切った。男って分からない。

「ありがとうございます。助かります。落ち着いたら、仕事も探します。生活ができるようになったら連絡するね。それまでは、お世話になります」

精一杯の返事だ。本当にありがとう。そして、愛していると心に呟いた。


火曜日、最後の日だ。

「最後だね。今日までありがとうございました。幸せだった。いってらっしゃい」と涼真さん元気がない。ジッと見つめている……。

「行ってきます」と、ドアが閉まった。たまらず、膝が崩れ、涙が止めどもなく流れ声が漏れる。寂しい、切ない……しばらくすると、ドアが開いた。

「美樹！」と涼真さんが、背中を抱いている。

「触らないで！　あなたを忘れなくてはいけないの……だから、触らないで」精一杯の抵抗。こんなに辛い。

しばらくは、この辛さとの戦いになると思うと悲しい。涼真さん、酷い男！

さようなら……。

午後、引っ越し屋さんが来た。先程書いた手紙と結婚指輪とダイヤのネックレスを食卓に置いた。

「涼真さんへ

今日まで、ありがとうございました。

とても幸せでした。

あなたの愛に包まれた、たくさんの日々。

これからは、別々の道を歩みます。

この辛さを乗り越えましょう。

私は大丈夫です。あなたのおかげで、生活は安心です。

色々ありがとう。　さようなら。


美樹」


玄関を出た。鍵をポストの中へ。本当に最後だね。

ポトン。

これで、これで終わりなんだ。振り向かないでエレベーターへ。

新しい住まいに着いた。先に電化製品は収まっているので、今日の分を片付けるだけだ。

新しいベッド、食卓テーブル、洗濯機、冷蔵庫、涼真さんの匂いが無い。寂しさが湧き出る。わぁぁぁぁー。

悲しさが湧き出る。本当にこれで良かったのか、意地を張って良かったのか、後悔のような嫌な気持ち。涼真さんも寂しいだろうか。

動けない……気が付いたら外は真っ暗だ。あっ！　電気を点けなくちゃ。でも動けない。

こんなに苦しいのなら、これから人を愛するのが怖い。まずは涼真さんを忘れなくては……。

こんなに悲しいのにお腹が空く。カップラーメンがあるからそれで済まそう。

これから先、楽しい事は来るのかな。いいや、楽しい事を見つけるんだ。

朝は必ず来る。生きていこう。

水曜日の朝六時に目が覚める。涼真さん、起きれたかなと思う。

何の心配している。もう、他人だから気にしない。

さぁ、今日は元気を出して買い物でも行こう！　でも毎日、毎日涼真さんの事ばかり考えてしまう。会いたい……。

これでは、ダメになってしまう。就活をしよう。求人誌、求人広告、色んなものを探した。年齢でだめだ。アピールしなくては。でも、面接まで行けない。アパートの掃除ばかりしている。贅沢は敵だと自分に言い聞かせる。涼真さんからの送金が気になる。ただ、送金を確認した時に電話を入れる。

「入金、ありがとうございました。確認した」

「ああ、当たり前だ。元気にしているか。仕事はしないでもいいんだよ。体は大丈夫？」

「ええ、毎日お陰様で楽しく過ごしているよ。涼真さんは？」

「……会いたい」

「……もう、切るね。本当にありがとう。さようなら」はぁ～、毎回ドキドキする。

来月からもっと、履歴書を書いて頑張るぞ。


あっと言う間に、入金日だ。急いで、確認しに行った。何故か、ソワソワする。咳払いして、

「あっ、美樹です。今月も入金確認した。ありがとうございました」と、ドキドキ。

「うん。元気だった？　……愛している」

「えっ！　何言っているの。切るね」わぁー、ドキドキする。もう～、止めて欲しい、会いたくなる。忘れようとしているのに！

毎月、毎月楽しみと切なさに襲われる……。

これでは前を向けない。

六回目の入金を確認した時に涼真さんに連絡、

「あっ、美樹です。今月も確認しました。ありがとうございました。……それで、今月で六か月です。私も年内で仕事を探します。

確認の電話を今日で最後にしたい。お互いに、声を聞いたりするのを止めよう。前を向きたい」

「……分かった。急いで仕事は探さないで。お願いだから」

「分かった。しっかり考えて探すね。今までありがとう。さよなら」

「ああ、……君も体に気を付けてね。さよなら」これで、終わりだ。心のどこかで、声を聞くのが楽しみだった。確認日が嬉しかった……。

その日、ゆっくりお風呂に入っている時に思った。

諦めなくていいんだよ！　思いは自由だし、ずっと愛していけばいいんだ！　片思いでいいんだ。自分だけの涼真さんでいいんだ。

そうだ！　いいんだ！

愛する人がいる事は幸せだよ。早速、写真を飾ろう。そうしよう！　お風呂を出て、二人で撮った写真を出して玄関、寝室、キッチンと飾った。見ているだけで嬉しい。もう寂しいと思わないで笑って写真と会話ができる。楽しくなってきた。単純な私。

さぁ、前を向いて生きるぞ。

毎日、面接に行っては、年齢で落ちる。十二件目の面接、社員が五人で女性の社長で六十代で、厳しそうな社長だった。化粧品の販売会社だ。

「柳澤さんは、独身ですが子供は？」

「子供はいません。半年前に離婚をしまして、一人です」

「営業をしていたんですか」

「そうです。結婚の為に辞めました」

「分かりました。契約社員でお互いに、いつでも契約を解除する事ができますがそれでいいですか」

「はい、大丈夫です」

「それでは来月一日より出勤してください。勤務内容は事務より頂いてください」

「はい。よろしくお願いいたします」やったー！　決まった。お給料は手取りで約二十一万円、涼真さんに送金を半分にしてもらおう。

「美樹です。お仕事が決まりました。来月一日より働きます。それで、手取りが二十一万です。来月よりもうしばらく十万は送金をお願いします。頑張って送金がいらなくなるようにします」

「そんなに頑張らなくていいんだ。慣れるまで大変だけど体に気を付けて。連絡ありがとう」と言ってくれた。ありがたい。


初出勤だ。アパートから三十分だ。

化粧品の販売は初めてだから緊張する。事務員さんの高峰さんも、話しやすくていい感じ。営業が三人で、三十代二人に四十代が一人、私が年上だ。

三十代の川上さんって方は、癖が強そう。もう一人の玉田さんは、メイクが派手。四十代の藤さんはおとなしそうな方。

やっていけるか心配だけど頑張ろう！

基礎と商品の説明と使用法。実際に商品の使い方の実習だ。化粧を落とし基礎化粧品を使う。今まで化粧品は、勧められたら使っていた。しっとりだの、さっぱりだの、気にした事はなかった。意外と違う！　三十代はさっぱり、四十代は普通肌、五十代はしっとりだそうだ。乳液は手の甲に直接使用すると、凄い違う。面白い。じゃ、私は……しっとりだね。認めよう。

そして、メイクだ。アイラインやマスカラなんて結婚式にしか使わない。毎日使うんだ。

「キャー、派手！」皆が、笑っている。

「柳澤さん、綺麗だよ。派手じゃないよ」

「えーっ？　毎日こんなに使うの？」

「あはは、普通だよ。皆使っているよ。柳澤さんはそのままでも綺麗だからね」

「変な事を言わないでよ。毎日、メイクに何分かかるの？」

「そんなにかからないよ。二十分かな」

「ええー、……私は五分。ファンデーションを塗って、アイシャドウつけて、眉描いて、口紅塗るの」

「逆に凄い。基礎がいいからね」と楽しい。

今まで化粧品の話など仕事でした事が無い。研修が二週間。商品の知識、メイクや基礎化粧品の使い方。美しい手の使い方。まあ何て事、こんな楽しい仕事。綺麗になりながらお客様にも喜んでもらえるなんて。ウフフフ。

基礎化粧品の知識テスト、技術のテストで約、四十日。無事、クリアして、店頭に立つ。

土曜日、日曜日は当番制で出勤。これまた、ユニフォームが素敵! 紺に縁取りが白で、可愛いスカーフ。あら、五歳は若く見えるかしら。ウフフフ。

さぁ、明日から店頭に立つ。何故か戦闘モードだ。身震いする。いいぞー。

「柳澤さんは緊張しないの」

「緊張しているけど、戦闘モードだな。お客様に上手に説明できるか少し心配だけどサポートお願いね」

「任せて!」頼もしい先輩年下さん。

意外とお客様に説明ができた。初めて売れた。リップトリートメント。嬉しい。側で、玉田さんが笑っている。あっと言う間に夕方六時。

初日が終わって、ホッとした。気が付いたら、足がパンパンだ。やっぱり緊張していたんだ。気が付かない程。
「涼真さん、ただいま。初出勤無事終わったよ」
ゆっくりお風呂に入った。夕食は、お惣菜をチンして食べる。写真に、
「今日さぁ、初めて、リップトリートメントが売れたの。嬉しかった」と報告。
疲れた。十時には、ベッドに入った。
「おやすみなさい」と写真にキス。

一週間が無事終わって、明日はお休み。自分にお疲れ様とビールを飲みほした。
失敗をしたり、こけたり、推奨販売が成功したりで毎日が忙しくて楽しい。同僚とも仲良しだ。

あっと言う間に一年が過ぎ、セクション店が三店舗になった。
毎日忙しく楽しく過ごしている。

第十四章　突然の再会

　さらに半年が過ぎた頃、藤さんから、

「ねぇ柳澤さん、お願いがあるの」

「何？」

「友人が婚活の仕事をしていて、来週の土曜日だけど女性が二人足りないらしく、参加して欲しいってお願いされているの。一緒に参加してくれない？　お願い！」

「ええー、私、興味ないよ。男性はしばらくはいらないよ」

「分かっているよ。参加だけでいいの。参加費もいらないし途中で抜けてもいいから。美味しい食事を食べるだけでいいからさ」

「えぇー……やっぱりいいよ」

「お願い！　親友が困っているの。お願い！」

「はぁ、私が困るなぁ」

「一時間でいいから参加しよう！　お願い！」と拝んでいる。

「じゃあさー、食べたら帰るからね。それでいい？」

「ええ、いいよ。良かった！」

丁度、来週土日は休みだからいいけど、気が重い。休みがつぶれるなぁ〜。


土曜日夕方六時、藤さんとホテルのロビーで待ち合わせ。

会場で受付を済ませ席に着いて、色々説明しているが聞いていない。興味が無いので目を閉じていた。

「さぁ、どうぞ」と言っている。藤さんが来て、

「柳澤さん、食事を貰おう」

「ええ、美味しそうね」と席を立ったら、

「少しお話がしたいです。いいですか」と五十代の男性。

「ええ……少しなら」

「初めてですか」

「ええ、そうです」

「僕は前川と言います。五十七歳です。自営業をしています」

「私は、柳澤です」

「とても綺麗ですね。席に着いた時から、気になっていました」

「あ、ありがとうございます。すみません、お腹が空いていますので失礼します」と離れた。

ふぅ～、早く帰らなくちゃ。

急いで、お皿にご馳走を取って、席に着いた。食べようとしたら男性に声をかけられらた。

「少し、いいですか」

「……はい」

「僕は、石川と言います。五十歳です。医者です」

「柳澤と言います」と、話が続かない。

「よろしければ、帰りに時間を頂けませんか」

「すみません、予定が入って……い、います」横を見たら、何と涼真さんがいる！

驚いてしまい、目が合った。涼真さんも驚いている。

「す、すみません。失礼します！」と、急ぎバッグを取って、トイレに向かった。

どうして、どうして涼真さんがいるの？　早く帰ろう！とトイレを出たら……涼真さんがいる。

無視して、通り過ぎようとしたら、

「待って！」と腕を掴まれた。

「離して！　帰るの」顔を見たら泣きそう。階段を駆け下りた。涼真さんがついて来て、前に立っている。

「初めまして、僕は高山涼真と言います。よろしくお願いいたします」と、
右手を出している。はぁ？　どういう意味！　無視して階段を下りた。早くホテルを出よう。どうして、涼真さんが来ているの？

再婚を考えているのかな。なんかショック。でも、私だって、そう思われているだろうな。やっぱり断れば良かった。嫌な気分。急いで、タクシーに乗った。振り返ってはいけない。


あの日から一週間。スッキリしない気分とショックで、疲れが取れない。藤さんが、

「ねぇ、友人から電話があって、二人の男性が是非、紹介して欲しいと連絡が入っているんだって。どうする？」

「いいえ、断って。私は興味が無いの。悪いけどお友達に伝えてくれる」

「うん、分かった。残念だけど話しておく」

ゆっくり、毎日が過ぎた。仕事にも慣れて、社員達とも楽しい。

更に半年が過ぎ、元気になって頑張っている。

社長から朝礼の時、

「皆、プライベートだけど、来月息子の結婚式があるの。忙しいと思うけど、結婚式に招待してもいいかな」

「ええ、嬉しいです。おめでとうございます。楽しみ～」

皆で何着ていくとワイワイガヤガヤと話している。何かワクワクする。

仕事が終わったら週末は、居酒屋で飲み会。藤さんが、

「今日さ、とても素敵なロマンスグレーの紳士が来ていたの。チャンスと思い『何かお探しですか』と爽やかな笑顔で聞いたら『照れ臭いんだが、恋人に口紅をプレゼントしたいのですが流行りの色とか見せてください』と、頭をかいている。な～んだ残念」と話している。

新色を勧めたらしい。玉田さんが、

「残念！　最近さ、藤さん積極的だよね。結婚願望あるの？」

「最近特に思うの。寂しいって」川上さんが、

「ウケる〜。だってさ、何か月か前に男はこりごりだって言っていたし」

「あら、覚えていたの。ウフフフ。やっぱり、彼氏が欲しい〜」皆で大笑い。お腹が痛いぐらい笑わせる。ストレス解消だ。

さぁ、来月も頑張るぞ。


結婚式当日、皆でロビーに待ち合わせ。

三十代メンバー、ド、ド派手！　藤さんはセクシー系。私は、黒の膝上ドレス。皆に比べたら地味だが、これが普通だ。

席に案内され、四人でおしゃべり、楽しい。私の右隣に男性が座った。披露宴が始まった。隣の男性が、

「新婦側のお知り合いですか」えっ、何話しかけているのよ？

「……いいえ、新郎側です」と答えて、隣の藤さんに話しかけた。男性が肩を叩く、

「新郎のお母様の方ですか」

「ええ、そうです」嫌だな。もう、話しかけないでよ。

「僕は、新郎のお母様の同級生です。会社の方ですか」

「え、ええ、……そうです」近い！　会が終わりかけに、

「僕、遠藤と言います。披露宴終わってから時間頂けませんか」はあ？　何言っている
の？

「えっ！　予定が有ります」バカじゃないの。トイレに立った。直ぐ帰れるように先に済
ませた。披露宴が終わる直前、三人がトイレに立った。ああ～、タイミングが悪い！

「すみません。どうしても、時間を頂けませんか。お願いいたします」嫌だ。どうしよ
う。

「す、すみませ……」と断ろうとした時、

「美樹、お待たせ。待った？　彼女に何か？」と男性に言っている。

涼真さんだ。どうして！　いるの！

「美樹、行くよ」と手を引かれ席を立った。男性は呆然としていた。

涼真さんは私の手を引いてエレベーターへ。

「ど、どこへ行くの」

「地下のバーに行こう」

手を離さない。私も払わなかった。温かい、ドキドキしている。掌から伝わらないか心
配。

バーに着いた。席に案内されて座ったら手を離した。

「久しぶりだね」

「ええ……さっきはありがとう」が精一杯。顔が赤くなっているのが分かる。涼真さん、ジッと見ている。何か恥ずかしい。

「美樹、初めからやり直そう。結婚を前提に、付き合って欲しい」

「何言っているの。意味が分からない」

「運命なんだよ！　君は僕から逃げられないんだよ。分かって欲しい」

「バカな事、言わないでよ」

「この二年間、君を思わない日は無かったんだ。前に婚活パーティーで会った時、ショックだった。僕以外の男性と話していると思うだけで、顔から火が出そうだった！　それと……美樹が再婚を考えているんだと」グサッと、胸を刺す。

「僕は圭司が勝手に申し込んで、必ず行けと言われ渋々参加した。でも、本当に行って良かった！　美樹に会えた」私は一言も話さず涼真さんの話を聞いていた。すると、

「僕は悟ったんだ！　美樹から、一か月一回の楽しみだった電話をしないと言われた日の夜、寂しかった。バスタブの中で思ったんだ。無理して諦めなくてもいいんだと。片思いでいいんだと。愛するのは自由だし、美樹にも迷惑はかけない。何か楽しくなって風呂か

ら出たら、急いで何したと思う?」まさか、写真……?

「二人で撮った写真を飾ったんだ」私は、お水を吹き出した。

「美樹、大丈夫?」続けて、

「玄関、寝室、キッチンと飾ったんだ。寝る時はおやすみ、朝はおはよう。玄関ではいってきます。帰ったらただいまと話すようになったんだ。寂しさが癒されるんだ」と、色んな事を話している。

本当に、二人は似ているんだ。思う事、考える事、離れる事はできないかもしれない。涼真さんが言うように、運命かもしれない。離れなくてもいいんだ。我慢しなくてもいいんだ、と思った途端、涙が溢れてきた。

「美樹、どうした! 大丈夫?」と、心配している。余計に嗚咽が出るくらい涙が溢れる。涼真さん、心配して側に来て背中を擦っている。この胸に飛び込んでいいのか悩んだ。涼真さんが、背中から優しく抱いている。思わず胸に甘えた。意地と言う壁が解けていくのが分かった。

「涼真さん、寂しかった。苦しかった」と、胸に顔を埋めた。涼真さんも泣いている。

「ごめんな。ごめんな。愛している。うううう」涼真さん、両手で顔を挟んで、

「愛している。家に帰ろう」と、言って車に向かった。車に乗った途端、抱いてくれた。

熱いキスをした。

「帰ろうな。二人の家にな」と車を発進した。一時間でマンションに着いた。懐かしい匂い、安心の匂い。二人で抱き合って泣いた。

声を出して泣いた。

こんなに愛していたんだ。確認した。見つめ合い長いキス。どれぐらい抱き合っていたんだろう。嬉しい。良かった。

ソファーに座って、離れていた間の話をした。気が付いたら、十二時を過ぎていた。

「美樹、お風呂に入ろう」

「ええ、準備するね」と、立った時、又、抱きしめられた。

「足りない。美樹」と言ってはキスをする。いつまでもお風呂に入れない。

「待っていてね」と、お風呂へ。

「涼真さん、どうぞ」

「一緒に入りたい」

「少し、恥ずかしい」

「嫌だ。入りたい」

「じゃ、二十分後に来て」

久しぶりにドキドキしている。身体を洗っている時に入ってきた。

「美樹、待てない！」とタオルで身体を洗いながら、愛撫している。シャワーを浴びながら、

「美樹、美樹！」と言いながら泣いている。

「もう、離れないで。側にいて！」

激しく愛している。ああ、嬉しい。

ゆっくり、バスタブに浸かった。

寝室に入った。ベッドはぐちゃぐちゃだ。

「美樹がいないといつもこんなだ」直ぐに、パジャマを脱がされ頭の先から足の裏まで愛撫している。

「僕の美樹、僕の美樹」と叫びながら、愛してくれる。


朝、起きれない。身体が痛い。

「美樹、おはよう。体は大丈夫？」

「久しぶりだから、足がガクガクよ。ウフフフ」

「そうか。辛いと思うけど、もう一回！」と言って体を重ねてきた。うわぁー、体力が凄

い！　嬉しい。

二人で二度寝。起きたら十時になっている。

「お腹空いたね」

「美樹、最高だ。……足りない」何を言っているの。壊れちゃう。

「だめよ。ご飯食べましょう」と急いで、ベッドを出た。腕を掴まえているが、優しく払った。ウフフフ。

食事をしながら、

「美樹、いつ引っ越しする？」

「待って、仕事もあるし契約だから申告すれば解除できる契約なの」

「早く、早く、越してきて欲しい。一日でも離れていたくない」手を握っている。

「来週、社長に話しますね。仕事は来月まではしないといけないと思う」

「迷惑はかけられないからね。でも、一日でも早く」掃除はハウスクリーニングが入っているから綺麗だけど、洗濯物がたくさんある。急いで片付けていると、涼真さんが後ろをついて来る。

「えっ！　どうしたの？」

「いいよ、洗濯は。一緒にいたい」と抱きついてくる。

「ちょっと待って。後でね」だけど動けない。

「今日も泊まっていく？」

「夕方には帰るよ。ここからだと、二時間かかるから。週末来るね」

「はぁ……一週間会えないのか。一か月なんて待てない！　来週、入籍しよう」子供みたいな事を言っている。胸に顔をむくむくしている。可愛いなぁ。

頭を撫でた。こんな日が来るなんて想像もしなかった。仕事にも行きたくないなぁ。涼真さんの側にいたい。

これまた、夕方、

「一週間会えないんだ。充電しないと倒れてしまうよ！」と言ってはベッドへ。優しさが伝わる。愛している。

車を降りる時、

「美樹、ここでお別れだ。部屋まで行けない。帰りたくなくなるから。来週、役所行くから印鑑忘れないで。絶対だよ」早い展開。嬉しい。

月曜日、心地いい筋肉痛だ。

「柳澤さん、土曜日どこ行ったの。トイレから戻ったらいないし、お持ち帰りされたの？」

「違うよ。今日さ、話があるの。仕事帰り、皆時間ある？」

「ええー、なになに、面白い話？」

「ウフフフ。夕方ね」と、高峰さんが、

「柳澤さん、社長がお呼びです」社長室へ。何かしら。

「柳澤さん、お話があるの。少しいいかしら」

「その前に、私からいいですか。突然ですみませんが来月でお仕事を辞めさせてください」

「ええー、どうしたの。急に」

「話せば長いのですが、再婚する事になりました」と今までの事を話した。

「本当に、運命の人っているのね。素晴らしいわ」

「私も感じています。あの人から、逃げられないと思います。嬉しいです」と話して、分かってもらった。来月末までで契約解除だ。

「社長、話があったのでは？」

「もう、いいわ。実は結婚式で隣に座っていた男性がいたでしょう。同級生なの。柳澤さんを凄く気に入って是非紹介して欲しいと連絡があったの。お断りしておくね。本当に、おめでとう」

社長に話して、ホッとした。夕方、

「美樹、元気?」と、涼真さんから電話があった。

「昨日、会ったばかりでしょう。おかしいわ。ウフフフ」と言ったら、

「何言っている。二十四時間は会っていない。会いたい！　キスしたい！　抱きしめたい！」と、嬉しい。

「朝、社長に辞める事を話したの。快く受けてくれた。おめでとうって」

「良かった。安心した。今日、迎えに行こうかな」

「だめよ。夕方、同僚に話すの。遅くなると思う」

「残念だけど嬉しい。妻になる日が近づいている。明日、電話するね」と嬉しそうに切った。

いつもの居酒屋に五人集まって、

「急にごめんね。実はね、来月で退職して再婚するの」

「ええー、何、それ！」四人は驚いている。

「私も、余りにも急な展開で驚いているの。実は……」と事細かく話した。

藤さんが、

「だから、婚活の時も急に帰ったんだ」

川上さんは、

「結婚式の時は、前の旦那にお持ち帰りされたんだ。ウケる～。アハハハハ」

「そうだね。お持ち帰りされたんだね。ウフフフ」と質問攻め。

「寂しいな。せっかく、仲良くなれたのに。でも、幸せになるから仕方無いね」

「そうだ。喜んで送り出そう！」

藤さんがさらに質問してくる。

「ところで、九歳も若いんでしょう。やっぱり、夜は凄いんでしょう」

「嫌だ～。そうなの。体力が凄いの！」

玉田さんがさらにツッこむ。

「何気に、何のろけているのよ！」と、皆、爆笑。

週末金曜日、

「来週ね～」と言ったら川上さん、皆も、

「体力は大丈夫～？　頑張れよ！」

「嫌ね～。月曜日は筋肉痛よ」

「柳澤さん、言うね～。バイバ～イ来週」


アパートに戻って、お泊まりの準備した荷物を持って出ようとしたら、ピンポ～ンとなった。誰だろう、出かけるのに。

「はい、どなたですか」

「はい、あなたの旦那さんです」えっ？　涼真さん？　急いでドアを開けた。ドアを閉めた途端、熱いキス。

「どうしたの」

「待てなくて、迎えに来たんだ」

「嬉しい。今、出ようとしていたの」

「美樹、車だし、持てる分だけ荷物を持って行こう」急遽、荷物を詰め込んだ。涼真さん、

「これ、全部入れようね」

「ちょっと、待って。もうしばらく毎日使うの。置いといて」と、全部詰め込もうとして

いる。気が早い。

「後、一か月あるね。長いな～」一人ごとを言っている。

声が漏れている。おかしい。袋三つと、スーツケース。

「ねぇ、美樹。洋服と消耗品だけを持って引っ越して。残りは処分して」

「だって、まだ新しいよ」

「いいや。見たら、寂しさを思い出す。お願いだ」

「分かった。もらう人いるか聞いてみるね」

「ああ、お願い」手が止まって、抱きしめている。

「ねぇ、後でゆっくりしましょう。取り敢えず、荷物運びましょう」ようやく離れた。

「食べて帰ろう。何が食べたい」

「久しぶりに、家の近くのタコスが食べたいな」

「おおー、いいね。美樹を思い出すから、あれ以来行っていないんだ」涙が出そう。ありがとう。


さぁ、嬉しい週末。お風呂に入って、長～く愛され、時間を忘れてベッドにいる。タイミングを見て、ベッドを出ないと動けなくなる位愛される。

第十五章　二度目の婚姻届

土曜日午後、婚姻届を役所に提出した。二回目だけどドキドキした。やはり役所を出たら涼真さん、叫んでいる。

「美樹が妻になった〜。幸せだ〜、ありがとう」恥ずかしい。通る人が笑っている。

「恥ずかしいから、もういいでしょう」

「僕は皆に聞いて欲しい。嬉しい！」と大きな声で、叫んでいる。

二度目だけど記念に二人のペアのマグカップを買って帰った。とても可愛い。

四時頃、

「出かけるから、少しおしゃれしてね」

「どこ行くの」

「今日は結婚記念日だから、食事に行くんだ」

「嬉しい」

フランス料理のレストラン。素敵！

美味しいコース料理を頂いて、デザートは大きなケーキが出てきた。何と『美樹、愛している』と書かれている。

「美樹、結婚してくれてありがとう。愛を込めた指輪だ」と、前の結婚指輪と大きなダイヤの指輪が付いている。

「ありがとう。嬉しい」指にはめてくれた。私は涼真さんの薬指に。凄く幸せ。


「……それと実は、涼真さんに話してない事があるの」驚いている。

「えっ、何！」不安そう。

「実家には、離婚した事は話してなかったの」

「ええっ？　本当に。どうして！」びっくりしている。

「でも良かった！　本当にありがとう。よくバレなかったね」

「何か、話せなくて。だって、お父さんは涼真さんのファンだし正月は出張や体調が悪いとか言って、私も二年帰っていないの。だから、今年は言うつもりで実家に行く予定だったの」

「ああ～、ごめんな。でも、僕にとっては幸いだ。来年の正月は実家に行こうね。やったー！」

はぁ～、大きなため息をついている。

「怖かったんだ。反対されそうで。何と切り出そうかとずっと考えていたんだ。安心した。良かった～、ありがとう」顔が赤い。緊張していたんだ。


日曜日は大変。今日はアパートに行くんだと言っては離れない。私は動けない。

「片付けは良いから、側にいて」とひっついている。あっちこっち触るし、少しウザい。可愛いけど。

車を降りる時、手を離さない。

「ここでお別れだ。部屋に行くと帰れなくなるのが怖い。ここでいいかな。ああ～、行かないで！　愛している」手を離さない。子供みたい。

「ええ、又金曜日ね」と離して帰る。少し可哀そう。

「部屋に入ったら必ず電話して」

「分かった。おやすみ」とほっぺに、ちゅっとしたら、唇に返してきた。

「おおー、寂しい。嫌だ～。行かないで！」と泣きそうだ。いつまでも帰れない。

来週で仕事納めだ。家電製品、家具類も、藤さんが貰い受けてくれる。良かった。

最後の日、会社で送別会をして頂いた。

「約二年間、ありがとうございました。とても楽しくお仕事ができました。皆さんのおかげです。幸せになります」

二次会はカラオケで帰りは午前様。楽しかった〜。


翌日、藤さんが荷物を取りに来てくれた。

「柳澤さん、ありがとう。大切に使うね。落ち着いたら食事でも行こうね」

「ええ、連絡するね。バイバイ」

楽しい思い出。同僚も仲良しだったなぁ。


引っ越し当日は、ほとんど荷物は運んでいたので、不動産、ガス屋さん、電気料金のチェックをしてもらって、三十分で終わった。涼真さんは、

「さぁ、二人の家に帰ろう」と手を繋いで、アパートを後にした。

二年間、ありがとうございました。少しは成長したかな。

スーツケース二つと、段ボールが二つ。

「片付けは平日してね。今は僕の側にいて」とソファーに座っている。

「分かった。あなたが仕事の時に片付ける……ね」と話している途中なのに、唇をふさいでいる。

「寂しかった。結婚してくれてありがとう。本当にありがとう」と激しいキスで息が続かない。気持ちが伝わる。

「お昼は何食べる」

「昼は美樹が良い」

「今日のランチメニューにはありません。お夕飯のデザートには特別にありますよ。ウフフフ」

若いカップルのような会話だ。とにかく、イチャイチャがしたいらしくソファーから立つのが禁止らしい。でも、とても嬉しい。

月曜日、二年前の日々が戻って来た。

玄関で、いってらっしゃいのキスでお見送り。幸せだ。

荷物の片付けをしながら涙が出る。苦しかった事、寂しくて切なくて心が痛い日々を思い出す。

素直になって、本当に良かった。愛しい涼真さんの元へ帰れた事が。

今日のお夕飯は涼真さんが大好きな肉じゃが、魚のフライ、ほうれん草の味噌汁、小松菜のお浸し、お漬物を作ろう。

新婚初日のお夕飯だ。日本酒で乾杯だ。

夕方六時過ぎに帰ってきた。元気な声で、

「ただいまー」と迎えに行ったら、お帰りの熱いキス。

「お夕飯にする。お風呂、それとも、晩酌？」ズッコケている。

「そこは、私にする？でしょう。答えは、美樹で～す」と、寝室へ。

「待って！　食事は温かいうちが美味しいの。食べましょう。その後でね。ウフフフ」

食事をしながらも、手を握る。食べにくい。

「温かいうちに食べましょう」と手を解く。子供みたい。

「今週土曜日、僕の実家へ行こうね。結婚の挨拶かねて食事会をするらしい」

「分かった。二度目の挨拶ね。照れくさいなぁ」

「僕は嬉しいよ。再婚したと言ったら、母が驚いていた。名前を言ったら、とても喜んでいたよ。早く美樹を連れてきなさいと言っていたよ」


土曜日、涼真さんの実家へ。

二度目の挨拶で照れくさい。涼真さん、

「ただいま。美樹、来たよ」お母様が小走りで来た。後ろから、お姉様も来た。

「美樹さん、いらっしゃい。バカな息子を許してくれてありがとう」

「美樹さん、会いたかったわ」お姉様。

ご馳走がたくさん。

「うわぁー、凄いですね。美味しそう」

リビングに行き、お父様、お兄様にご挨拶。

「至らない嫁ですが又、よろしくお願いいたします」

お父様は、

「よく来てくれたね。ありがとう。嬉しいよ」と言ってくれた。お兄様も、

「美樹さんいないと、涼真が怖い顔でいるからつまらなかったんだ。良かった」と、迎えてくれた。嬉しい。

「ありがとうございます。今、とても幸せです」

お母様が、

「食事にしましょう」と呼んでいる。

久しぶりに、家族皆で夕食を頂いた。とても美味しかった。

食事を終えて、リビングに移ってワインを頂いた。白の美味しいワイン。

色んなお話をしながら男性三人、美味しそうにワインを飲んでいる。

「お母様、聞いてください。涼真さんったらですね、浮気の時に挿入する前に萎えたと言うんですよ。だから、浮気じゃないと言うんですよ！」

男性三人、お父様はお母様に向かって、ワインを噴射。

「パパ、嫌だ～」

お兄様はお姉様に、

「わぁー、嫌ね～」

涼真さんは、私に向かって、噴射。

「キャー、何〜」

まるで、お笑いのコントのように、三人一緒に、勢い良く噴射。その後、大笑いしている。涼真さんは、頭を掻いている。

「挿入するとか、挿入しないとかの問題じゃないと言ったんですよ。そうですよね」

お母様もお洋服を拭きながら、笑っている。

「そうです。涼真が悪いわ」

「はい。僕が悪いです。美樹、すみません！」

と立って、私に頭を下げている。

「分かれば、いいのです」

と私は笑った。何故かお兄様、笑いが止まらないようだ。お姉様も。

久しぶりに楽しい時間だった。

やっぱり、高山家にいると幸せ。本当に帰れて良かった。


毎日、毎日、穏やかな日が続いた。

あの二年間の苦しさ、寂しさを涼真さんの愛が忘れさせる。ありがとう。

涼真さんは相変わらず、忙しそうだ。

ある日のお夕飯時、電話が鳴った。珍しい。

「はい、どうした吉田？」

「何で？　おかしいな」と部下の吉田さんから、電話のようだ。

みるみるうちに、涼真さんが怖い顔。どうしたんだろう。

第十六章　涼真への陥れ

【涼真編】


「どうした。珍しいな」

「常務、大変です！　僕の口座に二百万が振り込まれているんです！　僕も知らない名前で」

「おかしいな。誰だろう」

「常務、何か怖いです！」

「明日、調べてみような」と切ったが……変だ。陥れ！　何の為に。

「悪い、食べよう」

美樹が心配している。う〜ん、変だな。

食事を済ませて、お風呂でゆっくり考えよう。

翌日、吉田が慌てて部屋に来た。

「常務、通帳です。『中山』と、ありますが、見当つきません」

「う〜ん、変だな。弁護士に信用できる友人がいるんだ。調べてみよう。吉田は業務に戻って、普段通りに仕事をしていて」

「分かりました。よろしくお願いいたします」と、不安そうだ。変だよな。

「中村、今、いいか。調べて欲しいんだ。俺の部下の通帳に、見知らぬ人から二百万が振り込まれているらしい。本人は驚いて、昨日夜に電話をかけてきたんだ。何か変だ」

「待てよ。前にもあったたな。金融機関に連絡して調べてみるよ」

「お願いいな。大事な部下なんだ」

「分かった。任せろ」と、友人は答えてくれた。

三日で結果が分かるらしい。

翌日、副社長から呼び出された。

コンコン。

「高山です」

「今、吉田部長が横領したと情報が入ったんだが、聞いているか」

「吉田君から、昨日電話がありました。知らない人から二百万が振り込まれていると。調べたんですか」

「これから社内情報を集めている。午後、緊急役員会議だ。参加するように」

「調べもしないで、緊急役員会議ですか！　おかしくないですか！」

急な話だ！　調査もしないで、納得がいかない。

「それが、大岡専務からきた」

「えっ！　……分かりました」

大岡専務が……？

午後一時、会議室。社長から、

「大岡専務、君の情報の出どころは？」

「取引先のジェイ・キー企画の社員からです。吉田部長とお会いしたと話していたそうです」

僕は、

「直接本人に確認取ったのですか！　吉田君が僕に連絡しないで、会うはずが無いと思いますが？」

「いや……山内部長から聞いたんだ」

「いつ、どこで会ったんですか！　勤務中ですか！　日報で確認できます。吉田君は必ず、毎日欠かさず提出しています」

証拠がない。無理やりな感じだ！

「……細かい事は、分からないが」

「吉田君に限って、信じられません！」

社長が、

「待ちたまえ。常務は吉田君がそんな事はできないと信じているんだな」

「そうです！　吉田君が絡んでいるんだったら僕にも責任があります。会社の判断で吉田君が懲戒免職となったら、僕も考えます！」

「高山常務、待ちなさい。決定ではない。今、顧問弁護士に調べてもらっている。それからだ」

大岡専務が、

「常務はどうするのかな」イライラする人だ。

「吉田君が辞める事になれば、僕も退職します！　責任を取ります」

「今、調べてもらっているから分かり次第連絡する。専務、常務、それでいいかな」こんな気分で、仕事にならない。今日は定時で帰ろう。早く、美樹に会いたい。癒しの妻に。長い一日だ……。


「ただいま……」

「お帰りなさい。お疲れのようですね」抱きついた。

夕食も終わり、風呂もゆっくり入った。美樹に話そう。

「美樹、座って」

「どうしたの。改まって」

「今、会社でトラブルがあって吉田君がピンチなんだ。ほら、この間夜に電話があっただろう。知らない名義で通帳に二百万が振り込まれていると、会社側から取引先より賄賂をもらっていると疑われているんだ。僕はそれを信じていないし吉田君を信じている。それで、今日緊急役員会議があったんだ。『僕は吉田君を信じている。もし、絡んでいるとしたら僕にも責任があるから退職する』と役員の前で言ったんだ。美樹にも相談しないで悪いと思いながら、吉田君が疑われていると思ったら我慢ができなかったんだ」

「あら、涼真さん。惚れ直しちゃった！　それでこそ、私の夫よ。素敵！　部下を信じているんでしょう。最高の上司よ」とキスしてくれた。安心した。ありがとう。

これから、真相がはっきりしたら色々決めよう。待っている日がとてつもなく、長く感じる。


三日後、中村から電話があった。

「涼真、分ったよ。三時頃会社に行けるよ」

「ああ、ありがとう。待っている」

「吉田部長、分かったそうだ。三時に来て！」

「はい。分かりました！」


三時、中村が来社した。

「涼真、これを見てみろ」写真だ。

「これは！　第三課の大橋課長だ！　どうして！」

「こんな昭和の手口だ。吉田さんを陥れる為だろう」

吉田が、

「何故ですか！　僕が何かしたんでしょうか！」

「君を狙っているようだが、僕が目的だろう。野田部長か。姑息な手段だ」

ショックだ。こんな社員がいると思うとこの会社大丈夫なのか？

「中村、ありがとう。後日、連絡するよ」と言い帰ってもらった。

「常務、どうしますか」

「……吉田君は僕の側近だから狙われたんだろうな。君は犠牲者だ。僕はショックだ。考える時間が欲しい」

何だろう、この虚しさ……。

「分かりました。常務に付いて行きます！」と部屋を出て行った。こんな卑劣なやり方は許せない。

この会社で仕事人生を終わらせるのか。

迷う！

翌日、副社長から緊急役員会議があると連絡があり、会議室へ向かった。

「高山です」

「これで揃ったな。弁護士から報告があった。これを見て！」プロジェクターが下りてきた。同時に社長秘書がプリントを配った。

「あっ！」写真だ！

第三課の大橋君だ。会議室が騒めいた。社長が、

「大岡専務、どういう事だね！　説明しなさい」大岡専務が焦っている。

「す、す、すみません。訳が分かりません！」と、

「野田君に確認を取っている！　あまりにも滑稽な言い訳！　僕はあまりのショックに言葉を失った。他に言う事は無いかね、大岡君」

黙って下を向いている。

「ここにいる資格は無い！　追って処分を言い渡す！　退席したまえ！」顔を真っ赤にしている社長。穏やかな社長が珍しい。

一礼して、会議室を出た。

「高山常務、その事は知っていたね。どうして言わなかったんだ」

僕は、ため息をついて、

「この会社に残りの仕事人生を懸けるのかと凄く迷っています。僕には、この会社に未来が見えなかったんです。二十五年間は何だったんだろうと」

続けて、

「このまま退職しようかと思っています」

すると社長が、

「バカな事を言うんじゃない！　吉田君を急ぎ呼びなさい！」と言った。

吉田部長が来た。社長が、

「吉田君、すまなかった！」と頭を下げている。吉田君は慌てて、

「えっ！　止めてください。社長」

「君に、横領の疑いがかかっているのを知っているね。弁護士に調べて真実が分かった。本当にすまない」

吉田君が、

「いいえ、大丈夫です。常務が信じてくれました。僕は常務に付いて行きます。常務が退職をするのであれば、喜んで付いて行きます」

優しい笑顔で、

「常務に付いて行けば間違いないです」とはっきりと言っている。

「それと、振り込まれている二百万円をお返ししたいのですがどうすれば良いのでしょうか。できれば早く」

社長、

「分かった。島谷常務、野田君の振込先を教えなさい。それと、経理の担当に個人情報の

扱いを徹底しなさい。吉田君の口座を教えた社員の処分は島谷常務に任せる。頼んだよ」

島谷常務、恐縮している。

「吉田君、君の勤務態度は素晴らしい。会社側も日頃の勤務態度で再度、調べる事にしたんだ。これからもよろしくお願いします」と、又頭を下げている。

「社長、止めてください。常務の下で働けるのが嬉しいです。失礼します！」と、退席した。

「高山常務、これでも辞めると言うのかい？　常務と吉田君には辞めてほしくない。会社を助けて欲しい。お願いします」と、頭を下げている。

「しゃ、社長、止めてください！　もう少し時間を頂けませんか？　僕なりに答えを出します」

驚いた。温厚な社長に頭を下げさせるなんてあってはいけない事だ。社員としてこれは恥ずべき事だ。う〜ん、どうすればいいんだ。

今日一日、考えたんだが結論が出ない。

吉田君を見ていると課長、係長が囲んで笑っている。良かったな。名誉挽回ができて安心だ。

二日後、社長から呼び出された。

「高山です。入ります」

副社長もいた。社長が、

「答えは出たかな」

「すみません。実はまだです。入社して二十五年、愛した会社に少し不安になっています。何でしょうか、教育でしょうか、部長クラスが甘えているから、あんな姑息な事が起きるんでしょうか」

僕は目線を落とした。副社長が続けた。

「常務がいなければ、誰がこの会社の社員を導くんだ！　君の愛社精神は十分知っている。社長とも話し合ったんだが、教育課を新しく作ろうと思っている。部長クラスの教育だ。常務を首長に吉田君が責任者だ。頼む！　君しかいないんだ。受けて欲しい」

「教育課ですか。これからの事を考えると、必要でしょうね……」

僕はどうすればいいんだ。社長が、

「君は会社の顔になっている。僕からも、お願いしたい」

待て、待て！　社長、頭を下げている。

「わ、分かりました！　社長、止めてください！　将来が見えなかったんです。仕事人生を捧げます」

社長が

「良かった！　ヒヤヒヤしていたんだよ。頼むよ！　寿命が縮んだよ。ありがとう！　アハハハハ」と喜んだ。

翌日、辞令が出た。

な、な、何と僕は、取締役専務兼教育監査役、吉田君が常務兼教育責任者。驚いた。吉田君が飛んできた。

「常務、いや、専務、辞令を見ましたか！　僕が常務って間違っていませんか！」

はぁ、はぁと息を切らしている。

「アハハハハ。僕も驚いた。君は大丈夫だ。後ろに僕がいる。教育課が新しくできる。二人で頑張ろうな」

「はい！　常務、もとい、専務。よろしくお願いいたします」と可愛いやつだ。信頼できる。

さぁ、明日から出発だ！

大岡専務、部長、課長まで、降格して地方へ転勤だ。

入社時を思い出して頑張って欲しい。


「ただいま！」

「お帰りなさい」と熱いキスで挨拶。

「あら、素敵な挨拶ですね」

「一件落着だ。美樹、辞めるどころか、専務に昇格だ。吉田君は常務に抜擢だ。良かった」と手を引いて寝室に……。

「ええー、涼真さん、食事しましょう」

「嫌だ！　まずは、美樹を食べたい」と、あっと言う間に裸にした……おお～、美しい。

僕はシャワーも浴びずに、美樹を抱いた。幸せ。

「凄くエロいな。ごめん、汗臭かったか」

「ううん、涼真さんの匂い大好き。いい匂い」と言って僕の胸に顔を埋めている。おおー、可愛い。たまらんいい女！　またまた、元気になった。

「そんな事を言うと、二回目だ！」

愛しい妻だ。時間をかけて愛した。乱れた美樹はエロいな。

明日は土曜日だ。一日中、ベッドで過ごそう。美樹が逃げないようにがんじがらめだ！

食事をしてゆっくりお風呂に入った。

「美樹、日本酒あったかな」

「ありますよ。熱燗。冷？」

「最高な君を抱いたから冷にしようかな。身体を鎮めよう」

「ウフフフ、嫌だ～」

「本当はまだ足りないよ。明日は休みだから、ベッドで過ごそうね」

「ウフフフ。嬉しい」珍しい。受け入れた。良し！　離さないぞ。

優しく、しつこく、甘く、どっちだ！　幸せだ。愛しているよ。


【美樹編】


会社でのトラブルも何とか落ち着いた様子。涼真さんの事だから、心配ない。ついて行くだけ。

凄くお疲れのようだ。お夕飯は大好きな物を作ろう。六時半に帰ってきた。

「ただいま～。疲れた！　美樹不足だ！」

熱いキスをしながら、手を引かれ、寝室へ。

「えぇ、食事は？」

「今すぐ、美樹を食べたい！」あっと、言う間に裸だ。シャワーに入っていて良かった。

「もう～、涼真さんったら。嬉しいけど……」それは、それは、甘く、激しい愛し方。疲れたって言っていたのに。時間は夕方なのに……。

「美樹、エロいなぁ。ごめん、汗臭かった？」

「ううん。涼真さんの匂いが大好きだよ」と、彼の胸にスリスリした。いい匂い。

「こんな事言ったら、二回目だ！」と、又元気になっている。

「ま、待って！　食事をしましょう。ね……」と、遅かった。優しく愛された。嬉しいけど食事が……冷める……。

「おおー、美樹、充電完了だ！」と、両手を上げている。嬉しい。

夕飯を食べたのが、八時になっていた。凄い！

土曜日は、ベッドから出られない。手と足の鎖で、動けない。出会った頃を思い出す。

毎日、涼真さんは忙しそうだ。でも、凄く元気だ。仕事が充実しているんだろうな。見ていて分かる。

私は、彼の体調管理士だ。頑張ろう。


涼真さんから、電話があった。

「夕方、出て来れるかな。美味しいレストランがあるんだ。食べに行こう」

「わぁー、嬉しい。六時三十分にいつものカフェでね。楽しみ」

何着て行こうかな。たまにはパンツスタイルで行こうかな。黒のパンツに、白のブラウスで後ろにリボン結びをする素敵なブラウスにしよう。靴とバッグはベージュ色と。五時過ぎに家を出た。

駅に向かう途中で、自転車がぶつかってきた。

「あっ！」と、倒れるまでは、覚えている。意識が無くなる中、救急車の音……。


【涼真編】

夕方、約束のカフェ。

美樹はどうしたのかな。時間はきっちり守るのに、電話にも出ない。

一時間後、電話が鳴った。美樹だ。

「どうした？　何かあったのか？」

「……高山美樹さんのご主人ですか？」聞き覚えのない女性の声だ。

「はい。美樹の夫ですが、あなたは？」

「すみません。息子が、奥様を自転車でケガをさせてしまい、病院にいます」

「妻のケガは！」

「頭を打ってしまって、意識がまだ……戻りません」

「病院はどこですか！」

頭が真っ白！　早く、病室に行かなくては。


病室に着いた。ドアを開けるのが、怖い。

「美樹！」ベッドに寝ている。

「すみません。僕が、自転車で……」と高校生が泣いている。

医者が来て説明した。

「頭のＭＲ検査をしました。大丈夫でした。意識が戻ってもいいはずですが……。様子を見ましょう」

「大橋さん、どうぞお帰りください。意識が戻ったら連絡します。大輝君、大丈夫だよ」

「ありがとうございます」

二人になった。

「美樹、目を覚ましてよ。僕は君がいないと生きられないのを知っているだろう」

怖い、怖い、寂しい、辛い……愛している。手を握っていよう。心臓がうるさい。

長い時間に感じる。


一時間後、意識が戻った！

「美樹！」

「涼真さん……お腹空いた」

僕はズッコケた。美樹らしい。ホッと一安心。本当に心配した。

先生と看護師さんが来た。

「これで大丈夫です。でも、食事は一時間後にしてください。いいですね」と、先生は笑っていた。

大橋さんに連絡。泣いて喜んでいた。様子を見る為二日間、入院。

翌日、大橋さんとご主人がお見舞いに来てくれた。

「息子が大変ご迷惑をおかけいたしました。本当に申し訳ありませんでした」深々と頭を下げている。

「頭をお上げください。妻はこの通り元気です。大丈夫です。大輝君は心配しているでしょうね。是非、大丈夫と伝えてくださいね」

奥様は、

「すみません。大輝の事まで気を使って頂いて、ありがとうございます」と頭を下げた。

美樹が、

「大丈夫です。お腹が空いて目が覚めたのですよ。ウフフフ」

僕も、

「唖然としました。第一声がお腹空いたって言うものですから、ズッコケましたよ。アハハハハ」

「本当にありがとうございました。でも、いつでも何かあれば、連絡ください」と、凄く丁寧だ。


全身、再検査をして何でも無かった。安心だ。

「早く、帰りたい」と可愛い美樹。ああ、驚いた出来事だった。

美樹は、

「ねぇ、お見舞いは何？　ケーキだったら、今食べたいな」

「相変わらず、食いしん坊だな」

「あら、誉め言葉？」と笑った。夕方まで仕事に戻った。


圭司から電話。

「どうした？　珍しいな」

「話したい事があるんだ。今晩、家に寄れるか？」

「少し遅くなるけど、必ず行くよ」

どうしたんだろう。大事な事だろうな。

夕方、病院に行き美樹に、圭司に呼ばれ話があると連絡がきた、と話した。

「あら、いいお話じゃないかしら」

「えっ！　どうしてそう思うの」

「だって、涼真さんを見ていて、結婚っていいなと思っていると思うよ。ひょっとしたらの話だけどね。ウフフフ」

「そうか～。そういう話だったら、いいな」と、病室を出た。
美樹は何でそう思うんだろう。不思議だ。

第十七章　親友の幸せ報告

圭司宅に着いた。

「おおー、久しぶりだな～」

「待っていたよ。早く上がれよ」

圭司、テンション高いな～。食事が、沢山用意されている。凄い！

「凄いな。お前が作ったのか？　腕を上げたな～」

久しぶりに、色んな話や美樹との再婚、最高に幸せだと話した。

「お前ののろけを聞いていたら結婚もいいのかなと思い、知人の紹介で五歳年上の女性と知り合い、今結婚を前提に交際しているんだ。何故か年上が条件なんだ。しっかり高山家の影響を受けている。アハハハハ」

お、驚きだ！

「はぁ～ん、圭司が、か！　女性を一人に絞れるのか？」

「当たり前だ。お前といると、美樹さんの話ばかりでお腹がいっぱいになるんだよ。羨ましかったんだよ。デレデレ、ニヤニヤして」

「そうか～。幸せが移ったんだな～。それで、どんな女性だ」

「面白い女性だよ。呉服屋さんの娘さんで、初めて会った時はおしとやかで所作が美しくて日本美人だと思った。本当に着物がよく似合う。美しい女性だ。それに、素敵な笑顔でドキドキするんだ。えくぼがあるんだ。可愛いんだな～」と、デレデレ、ニヤニヤが止まらない。僕は呆れる位驚いた。あの、圭司がのろけている？　頭は大丈夫だろうか？　一人の女性を笑顔で話している。頬をつねった。

「涼真、何している？」

「いやいや、お、驚いている。お前が女性を褒めているのは初めてだよな」

「そうかな。参ったな～」へぇ、素直に受け入れた……。

「はぁ～ん、お前、頭大丈夫か？」

「そうなんだ。最近変なんだ。執筆が落ち着いたら、頭の中に彼女が現れるんだ～。何気に微笑む顔が可愛いんだな～」と、笑っている。僕は鳥肌が立つ。つい、圭司のおでこを触った。

「何だ？」

「いや、熱でもあるのかな〜と思って」

「バカだな。恋って熱も出るのか？　凄いな」何を言っているんだか分からない。

「お、お前が言う！」

「涼真の気持ちが分かるよ。アハハハハ」少し、頭がおかしいんじゃないかと思う。

圭司が、

「それとな、着物を脱いだら、男前なんだよ。チャキチャキで江戸っ子のようなんだ。それが、可愛いんだな〜。クックックッ」不敵な笑みを続けて、

「体の相性が、最高なんだ。可愛いんだな〜」

僕は唖然とした。長い付き合いで、圭司が女性を可愛いと言うのは。

言葉を失う僕であった……とにかく、嬉しい。

「よくやった！　素敵な女性なんだな」

「ああ〜、早く涼真に会ってもらいたいんだ」僕は、酒を吹き出した！

「お前、汚いな〜」と言って、タオルで拭いている。本気なんだ。

「今度、美樹も一緒にデートしよう。嬉しいな」

「おおー、いいな。奈々も喜ぶよ。きっと、美樹さんとも相性がいいと思う。アハハハハ」

僕は耳を疑った。前の圭司だったら。『つまらん！』とか言うのに……圭司を変えた女性に会ってみたい。楽しみだ。名前は奈々さんって言うんだ。

話を色々聞いていると、会えなくて辛いとか、寂しいとか、涙を浮かべて話している。

想定外の出来事だ。圭司って意外と可愛いやつだな。

恋する少年のように素直だな。

美樹が良い話じゃないかなと言っていたが当たっている。女性の勘って凄いな。

僕も美樹に会いたくなったが、今は話を聞こう。楽しそうに奈々さんの話をしている。

こんなにしゃべる圭司は、初めて見た。まぁ～、何と十二時になっている。ご、五時間も話している！

「涼真、十二時になっている！　美樹さん心配するから、帰る準備しろ！」

「大丈夫。美樹、今入院しているんだ。明日、退院だ」

「ええー、な、何で！　大丈夫？」

「ああ～、自転車にぶつかって、三時間ぐらい意識が戻らなくて心配したんだ。目を覚まして、何て言ったと思う」

「ええー、何！」

「涼真さん、お腹空いたって言うんだ。僕はズッコケたんだよ」

「そうか、何でもなかったんだな。良かった」

「ああ～、明日午前中に退院だから、そろそろ帰ろうかな。お前、話し足りないだろう」

「又今度、デートの時な。アハハハハ」恋って恐ろしい。あの、鉄仮面の圭司が……笑っている。


美樹と別れた時、どれだけ圭司に救われただろう。心配して、側にいてくれた。

圭司とは長い付き合いだ。

十五年前に圭司は、両親を交通事故で亡くした。見ていられないくらい、苦しんで悲しんでいた。声をかけられなかった。僕は、

「圭司には僕がいる。いつも側にいるからな。家族だ」とだけ言った。

圭司は周囲もはばからず、声を出して泣いていた。辛い事だった。


しばらく経ったある日、圭司から連絡がきた。プロポーズして、同棲を始めたらしい。嬉しい。良かった。

来週、家に招待された。楽しみだ。

当日、圭司の家に着いた。玄関を入って、

「奈々さん、初めまして。弟の涼真です。こっちは、妻の……」言い終わらないうちに、

「美樹さん。今日は！　会いたかった～」とハグしている。圭司は笑っている。奈々さん、あっけらかんとしている。

「涼真、何が弟だ！　二か月だけだろう。いいから上がれ。クックックッ」僕は、口を開けて見ているだけだ。

二人は、キッチンでワイワイと話している。初めて会うはずなのに……美樹も楽しそう。

圭司とソファーで話していると、圭司が笑いながら、

「涼真、キッチンを見てみろ」と、笑っている。

奈々さんが、美樹の、いや、僕のおっぱいを触っている。笑いながら……。

そして、美樹が奈々さんの、いや、圭司のおっぱいを触りながら笑っている。女同士って凄いな。圭司は微笑んでいる。信じられない！　あの……鉄仮面が優しく微笑んでいる。奈々さん、凄い女性だ！　運命の女性を見つけたんだ。

楽しい時間を過ごした。来月、女性同士で京都に旅行に行く約束をしている。お願い！

僕達も仲間に入れて！

圭司、おめでとう！

【美樹編】

圭司さんと奈々さんの結婚式は素晴らしかった。奈々さん、凄く綺麗だった。圭司さん、デレデレだ。

涼真さんのご両親がひな壇に座った。お父様、号泣。素敵な家族だ。

春がやって来た。優しい光が眩しい。う～ん、背伸びをしたい日差し。

ゆったりと過ごしている。

この頃涼真さん、キャンプに凝っている。キャンプ道具を揃えたいと、週末はホームセンターのキャンプコーナーへ。

面白い！　色んな道具がある。焚火セット、ガスコンロ、食器セット、ランタン、楽しそう。でも……テントでは寝たくないらしい。

「えっ！　どうして？　それがいいんじゃないの？」

「だって、美樹と寝れないから。日帰りキャンプして、寝るのはホテルで」

「はぁ～ん、変なの！　一日ぐらい我慢してテントで寝たら」

「酷いな～、嫌だ！　美樹がいないと眠れないいんだ。焚火や食事を楽しむんだ」と、格好から入るらしい。ウケるな。

買ってきては、家で広げて、テストしている。意外と器用だ。ワクワクしている。


早速、明日は、日帰りキャンプだ。荷物が多い。近くのホテルも予約済み。

夕食は、涼真さんが作るらしい。途中でスーパーに寄って、夕食の食材を買っている。

お昼を済ませて、キャンプ場へ一時頃着いた。私も少し手伝いながら、手早く設営した。なかなか手早い。頼もしい！

おおー、素敵！　キャンプだ！　焚火も準備オーケー。

涼真さん、鼻歌を歌いながらコーヒーを淹れている。美味しそう。

高い牛肉を買って、ウインナーソーセージ、野菜を切って、楽しそうに夕食の準備を始めている。家では見た事も無い光景だ。

焚火に薪をくべながら、

「次は、圭司夫婦も招待しよう」と言っている。さも、ベテランのように。おかしい。私は、座ってみているだけでいいと言われ、涼真さんを見ているだけ。嬉しそうに色々準備している。お肉をバターで焼いている。凄くいい匂いだ。塩、コショウ。その油で野菜を炒めている。


焚火って癒される。ただ、ただ、火を見るだけで落ち着く。コーヒーもおかわりしてゆったりと見ている。ランタンの明かりがいい。

素敵だ。癒される！

涼真さん、洗い場に行ったり、野菜を切ったり、頑張っている。ウフフフ。どんな食事ができるのかな。

飯盒でお米も炊いている。凄い！

さぁ、できたようだ。な、な、何と！　素敵なお皿に、ワイルドな盛り付け、ほっかほっかご飯と美味しそう。

焚火を見ながら、食事を取った。ああ〜、いいね。

涼真さん、満足気だ。どや顔で、可愛い。

「とっても美味しい！」凄く笑っている。

「初めてなのに、凄いね！」私のお皿に、お肉を足している。

「ねぇ、次はテントに寝ましょう」

「それは嫌だな。眠れないから」

うんと、言わない。私は寝てみたい。

九時頃までゆっくりいて、片付けした。私は洗い物、彼はテントや道具の片付け。細かく片付けている。

次使う時困るからと言っている。そうだね。次、楽しみだ。

十時頃、ホテルに着いた。お風呂に入って、十一時にはベッドに入って直ぐ寝息を立てている。疲れているんだ。楽しかったね。


月一は、日帰りキャンプを楽しんでいる。

回数を重ねるごとに、料理の腕が上がっている。楽しみだ。やっぱり、寝るのは……ホテル。


最近は、圭司夫婦同伴で楽しんでいる。

即、圭司さんもハマった。奈々さんも！　キャンプ道具も揃えている。

キャンプの時は、奈々さんとおしゃべり大会。コーヒーを飲みながら、ゆったりとしている。奈々さん、話が湧き出す。面白い。

男性二人は、夕飯づくりで頑張っている。楽しそうに作っている。

道具の見せ合い、使い勝手、お互い自慢話。楽しそう。

そして、圭司夫婦も寝るのは……ホテルだ。理由は涼真さんと同じらしい。友達って似るんだ。

二夫婦は、いい距離感で付き合っている。本当に大切な仲間だ。

何かあればお互いの家を行き来している。

ある休みの日の買い物帰り。街路樹が素敵なオープンカフェのテーブルに座り、大好きなソフトクリームを食べている。

優しい日差しがソフトクリームを照らして、キラキラ光っている。綺麗だ。

ソフトクリームが鼻先に付いていて、拭こうとしたら涼真さんが、

「待って!」と、私の顎を手で包んで自分に向けて、鼻先を舐めている。向こう側に座っているカップルが見てびっくりしている。

涼真さんったら、二人にピースサインを送っている。

カップルは拍手をしている。私は恥ずかしい。彼は得意そうに笑っている。
そして……優しく肩を抱いている。ああ～、幸せ。
何て、カッコイイの。私の旦那様。
さらさらと、優しい音が聞こえる。春の予感。
ふぁ～っとくすぐったい程、優しい風。ありがとう。

誰が言ったんだろう。
結婚は墓場だって！
結婚生活二十年、三十年、四十年と……。
それは、それは、数えきれない程、苦しい事や辛い事があったでしょう。
時には結婚は嫌だと思う事もあったでしょう。
私はまだ、短い結婚生活だけど、信頼できるパートナーがいるって幸せだ。
素敵な六十代を迎えられそうだ。本当に、本当に結婚して良かった。
これから、七十歳、八十歳が楽しみだ。

結婚、万歳！　晩婚、万歳。

完

【著者紹介】
武きき（たけ きき）
1955年沖縄県生まれ
趣味　ラブストーリーの漫画を読む。
妄想して、小説を書くこと。
老後の生活を楽しむ計画中。

あら、50歳独身《さいどくしん》いいかも！

2023年1月20日　第1刷発行

著　者　　武きき
発行人　　久保田貴幸

発行元　　株式会社 幻冬舎メディアコンサルティング
〒151-0051　東京都渋谷区千駄ヶ谷4-9-7
電話　03-5411-6440（編集）

発売元　　株式会社 幻冬舎
〒151-0051　東京都渋谷区千駄ヶ谷4-9-7
電話　03-5411-6222（営業）

印刷・製本　中央精版印刷株式会社
装　丁　　村野千賀子

検印廃止

ISBN 978-4-344-94276-9 C0093
幻冬舎メディアコンサルティングＨＰ
https://www.gentosha-mc.com/